KB071808

청어詩人選 432

위험한 연애

전숙영 시집

청어

위험한 연애

전숙영 지음

발행처   도서출판 청어
발행인   이영철
영업   이동호
홍보   천성래
기획   남기환
편집   이설빈
디자인   이수빈 | 김영은
제작이사 공병한
인쇄   두리터

등록   1999년 5월 3일
             (제321-3210000251001999000063호)

1판 1쇄 발행 2024년 2월 25일

주소   서울특별시 서초구 남부순환로 364길 8-15 동일빌딩 2층
대표전화 02-586-0477
팩시밀리 0303-0942-0478
홈페이지 www.chungeobook.com
E-mail   ppi20@hanmail.net

ISBN   979-11-6855-231-9 (03810)

시인의 말

어느덧 문단에 데뷔한 지
17년이란 긴 세월이 흘렀습니다.
2017년 첫 시집,『가슴앓이』출간은
저의 생을 축복으로 전환하는 계기가 되었기에
독자에게 고개 숙여 감사를 전합니다.
한국예술인복지재단 창작지원금으로
두 번째 시집을 출간합니다.
시인된 운명, 시를 쓰지 않고서는
견딜 수 없었음을 고백합니다.
시를 사랑한 외길, 열정적 생이었음을 덧붙입니다.
이 시집이 누군가의 삶에 닿아
절망의 가시덤불 속, 행복꽃 피우기를
간절히 기도할 뿐입니다.

2024년 2월
전주 한옥마을 맹가미 가죽공방에서
전숙영

차례

3   시인의 말

1부   자연이 주는 선물

10   너를 봄
11   개나리
12   여름
13   여름과 가을 사이
14   가을, 가을 분꽃
15   겨울 들꽃
16   자연이 주는 선물
18   자연애(自然愛)
19   기린토월
20   한벽청연
21   비비락안
22   남고사 남고모종
24   담쟁이넝쿨 담
25   조팝꽃
26   향나무
27   볕바라기
28   씨
29   무궁화

30　지렁이의 사투(死鬪)

32　봉숭아꽃

33　7월 수국

34　위봉폭포

36　봄 잎, 여름 소나기, 가을 하늘, 겨울은 봄

38　밤나무 아래에서

40　덕진채련

41　공짜 보약

42　천리향

2부　위험한 연애

44　그대 생각

46　詩 밥

48　익어가더라

49　위험한 연애

50　연분

51　꽃 피다

52　까치집

53　시어

54　아름다운 영접

56　아까시나무

57　잠 못 드는 밤

58　사랑을 매다

59　마음주의보

60 감성과 이성

62 꽃차

64 만조

65 꿈

66 석류

67 달아, 달아

68 사막의 꽃

70 능소화

71 어머니의 땅

72 짝사랑

73 창작의 카타르시스

74 병명: 그리움

75 추억 소환

76 10·29 참사

3부 어루만짐

78 치매

79 나름, 나름대로

80 어루만짐

81 벌집

82 노란 산국

83 빈집

84 담백하라

86 말벌

87 곱

88 그냥 둬라

90 호랑이연고

92 감동

93 모과는 지천명

94 구제역(입발굽병)

96 흐린 세상 건너가기

97 수술을 앞두고

98 무심한 죄

100 임종

102 2020 코로나의 봄

103 그해 겨울

104 버려진 상

106 보릿고개

107 겨울바람

108 사람과 사람 사이

109 내 마음 우산

110 나에게 등단 시 〈민둥산은 살아있다〉란

4부   나는 잡초다

112 나는 잡초다

114 칡넝쿨

115 누름돌과 장아찌

116 저수지의 봄날

117　꺾인 나무

118　곰탕집에는 곰이 없다

120　엄마 생각

121　좋은 생각

122　졸작 안부

123　감정 쓰레기통

124　부럼깨기

125　시(詩)집가던 날

126　마음 다스리기

127　고뇌

128　말 많은 시인

130　담벼락

131　연근을 캐는 사람

132　품 안의 사랑

133　시집(詩集)

134　골절

135　독의 꽃

136　물처럼

137　소소한 기쁨

138　외사랑

140　눈을 밟다 마음이 밟히다

142　시 낭송

143　열일

144　해설_시인의 운명을 인식한 밥 짓기, 몰입시학
　　　_손희락(시인·문학평론가)

1부

자연이 주는 선물

너를 봄

봄은 연분홍색이다
가뭇가뭇 검버섯 오른 땅을 갈아엎고
울긋불긋 홍조가 그득하다
봄은 푸른색이다
숭얼숭얼 피어나는 마른버짐을 밀고
담벼락에도 길섶에도 푸른똥이 즐비하다
봄은 희망이다
온몸이 흙먼지에 둘러싸여 있어도
노염 없이 헤실대는 개나리
굽은 시름 펴주는 대통이다
연지 찍고 푸른 치마 넘실대는 봄
오랜 그리움을 꽃향기로 불러놓고
은근슬쩍 속마음 도둑맞고 싶다

개나리

줄가리만 남은 겨울 산에
샛노랗게 피어나
촉새같이 나불대는 개나리
하고많은 색 중에
왜 노란빛일까 하였더니
멀리서도 눈에 띄라
눈치가 9단
높은 곳에서는 아래로
낮은 곳에서는 위로
뭉게구름 피어나듯
금싸라기 쏟아내니
꽃샘도 설설 봄을 길어 붓는다

여름

짧은 치마보다 아찔한 매미 소리
숨이 뜨거워진다
앞섶은 느슨해지고
찰진 여름은 매미 목청만큼이나 길다
8월 삼복더위
애꿎은 나무에 뜬금없이 올라탄 매미는
제집처럼 악을 썼고
그 푸념 받아주느라
나무는 연신 푸른 물만 게워냈다
몸 안의 수액을 내어줌도
한 시절 다녀간 인연이리라
네 소리 없이 어찌 여름을 말하랴,
허물의 텅 빈 그리움을 부여안고 나무가 운다
태풍을 핑계 삼아 목 놓아 운다
여름이 꼭대기에 걸쳐있다

여름과 가을 사이

땡볕의 열기들 한 알 한 알 품어서
잘 익은 청포도처럼 곱게도 빚어놨구나
바라만 봐도 주렁주렁 탐스러운 초록 은행
노랗게 여물고 싶은지
바람 등을 밀어 자꾸만 흔들어댄다
흔들, 흔들
몸이 무거워서였을까
그리워서 넘어갔을까
송이송이 설익은 알맹이들이
옆집 단풍나무 사이로
비비적대며 몸을 넌다
가을은 멀었는데
울긋불긋 열꽃이 피는 잎들
은행 등살에 단풍이 먼저 물들어 간다

가을, 가을 분꽃

아침 내내 입을 쫑긋쫑긋 눈길도 안 주더니
해거름 녘 쏟아지는 노을빛에 꽃단장이 한창이다
치마폭에 꽁꽁 싸맨 수줍음이 저리 당돌하였던가
색색별로 향기 뿜으며 열어젖히는 고백을 보라,
뭐가 그리 좋은지 새침한 입술이 벙긋 열리는가 싶더니
오가지도 못하게 분내 폴폴 풍기며
가는 목 길게 빼어 연지 바르고 요요히 한들댄다
분분히 흩어지는 저 분내는 어찌할 것이며
울긋불긋 지천으로 피어나는 저 꽃잎은, 저 꽃은 어찌
할거나
네가 웃어 분꽃이 피었네라
네가 피어 알알이 꽃씨가 맺혔노라
퐁퐁 터지는 분꽃 소리에 그리움의 솔기가 툭툭 터져
나가고
달빛도 아찔한지 능선으로 내리뻗는다

겨울 들꽃

얼음이 품으로 들어차
속곳 한편이 시리고 쓰리다
아무도 모를 거야
흙먼지로 뒤덮인 땟물에
잠시 앓는 소리로 들릴 테니-
바람이 치근대도 지지 않는 건
뿌리와의 약속
나약함을 이겨내라는
꽃과의 약속
길섶의 느티나무
들려 줄 언어와
몸짓을 상실한 채
표본처럼 지정된 곳에서
낮게 웃어주고 있다
마음을 알아차린 걸까
풀잎처럼 스러진다
이 엄동설한에
제법 의젓하게 견딘 나무도
함께 누워 쉬어간다
하늘을 나는 편안함을 아는지
가장 나른한 한낮의 꿈을 아는지-

자연이 주는 선물

물속에 잠긴 이파리
썩어서 넙죽
만신창이 몸으로도
꽃이 만개하듯
풀벌레에게 보시한다

뭇 생명들 낳아
푸르청청 뿜어주고
미련 없이
자연으로 보내는 진리
한 철을 살다가도 욕심이 없다

오늘 아침
공백의 칸에
진지하게 글을 쓴다
감동시키려는 욕망은
얼마나 어리석은가

내게 주어진 작은 음식
걸치는 의복에 이르기까지
겸손하고 고마워해야겠다
숲 새로 불어오는
맑은 공기가
참 감미롭다

자연애(自然愛)

한 아름 안을 듯 낮은 산
우리의 눈이 되고
다툼을 모르는 맑은 호수
우리의 마음이 되네

얼쯤 외로워 뭉게구름 띄우는 하늘
우리의 벗이 되고
물소리로 다듬어진 늙은 백송(白松)
우리의 노래가 되네

자연과 동화(同化)되어
풍경화가 되는 우리

날던 새들조차
노래 위에 날개를 쉬어 앉으니
바람은
빈 가슴 채우는 우리의 인생이 되네

기린토월

크고 작은 능선을 휘감으며
상서롭지 않은 기운으로
봉우리에 높이높이 솟은 달,
이른 새벽엔 소담스러운 진주알로
전주시를 깨우더니
해 질 녘엔 포근히 흙 한 삽
퍼 올려 안는구나
산 아래 옥양목을 펼쳐놓은 듯
뽀윰한 달빛이
기린의 넓이만큼 이어지는 기린봉-
또렷이 드러나는 능선을 타고
걸음 쫓는 산짐승들의 두런대는 소리
풀 속에 누워 몸을 비비대는 물소리
시리도록 고운 달빛 타고
푸른 밤이 자꾸만 바스락바스락-
정월대보름 기린토월 잡으러
기린봉에 올라서니
사연 많은 슬픔들 쓸어주듯
귀 밝은 소망 달이 휘황히 밝기만 하여라

한벽청연

바위틈 누각이라 추루하다 말을 마오
물안개 뜸들이며 해넘이로 불 지피니
물살도 첫눈에 반해 옥같이 부서지네
이곳은 한벽청연 전주의 8경이라
팔작가 난간 아래 달빛도 요요하니
수달이 장단 맞추다 미끄러져 웃더라

비비락안

호남평야 알곡들이 노을로 익어가는 곳
붉은 고백 더는 어쩌지 못해
쌀긋쌀긋 목이 꺾어지니
달빛이 쏟아져 내린 건가
푸드덕 날던 기러기 떼
사뿐히 내려앉아
날개를 훔치개질한다

야산 한 자락 뚝 떼어놓은 듯
지평선 넘어가는 비비정 아래로
눈이 시리도록 맑은 한내 물줄기-
비늘을 반짝이며 솟구치는 고기들도
불그름한 노을 속에 은갈이 박히니
부리 튀기던 기러기 날갯짓이
긴 목을 늘여 빼 하늘을 쓸고 있다.

남고사 남고모종

억경대 등에 업고
양팔에 천경대 만경대 꿰차니
백 년의 보시가 아까우랴
천 년을 내어준들
덤으로 즐긴 삼봉의 경치
공 갚을 길이 없네
어느 계절 마다하지 않을까
눈앞에 펼쳐지는 찬연함
색색의 자태와 향으로
애먼 마음 불붙게 하니
남고사 처마 끝이 애달아 닳는구나
솜씨 좋은 화공이 다녀갔음이야
금방이라도 튀어나올 듯 사천왕 벽화며
성으로 둘러싸인 빼어난 산세
발아래 전주를 옮겨 놨으니
근심이 있거들랑 쉬이오라
백제의 혼이 깃들어 있는 남고사
매일 좋은 숲을 보고
매일 아름다운 소릴 들으니
내 어찌 옥음을 아니 낼 수 있으리
굳은살 연해지도록 이 몸을 보시하니

노을을 가르는 그윽한 종소리
그대 가슴에 한편 위로가 되길 합장하오

담쟁이넝쿨 담

부대끼는 삶도 인연이라는 듯
내 등에 철썩 붙어있는 담쟁이
흉물스런 몸뚱이에
사뿐
뿌리를 내려줬다
까칠한 네 잎이 닿는 그 어디든
내가 너의 혀가 되어줄게
네 몸의 뿌리로 내가 기대 살고
이 몸을 칭칭 감겨 와도
네가 보고 싶어 하는 세상에
나는 길이 되어줄게
세상사 너에게 눈멀어도
마냥 나는 좋다
담 너머 가득 꽃물이 들도록
너의 빨판에 먹혀들어 가
나도 꿈을 꾸는
너의 숲이 되어줄게

조팝꽃

자그마한 촉을 내밀고
꽃송이 이고 있는 나뭇가지들이
봄바람 유혹에 흔들린다
흔들릴 때마다
눈 같은 꽃잎이 흐드러지게 날리고
질 때조차 하늘거린다
서두르지 않고 천천히-
저 가는 가지에서
어쩌면 저리도 많은 꽃을 피울까
다닥다닥 붙어있는 밥풀떼기
고봉밥으로 담아놓은 듯 풍요롭다
멀리서도 어여쁘더니
가까이에서는 눈을 뗄 수가 없구나
옹기종기 모여 저들끼리 재잘재잘
입내마저 향기로워
차마 말 한마디 건네지 못하고
눈으로 향기를 물들인다

향나무

향을 피우지 않아도
지천에 향기가 깔렸다
화사한 얼굴로 단장한 쑥부쟁이 치마에도
땅 따라 사방으로 뻗어가는 꽃잔디에도
푸른 바늘잎이 쏙쏙 향기를 입혀준다
잔가지 양팔에 끼고
해와 달 기운 끌어와
놉도 없이 묘지를 지키는 향나무,
땅 주인과 오순도순 노닥거리며
햇빛 꼬드겨 결마다 광도 낸다
웅성웅성 사람 소리에
기다렸다는 듯 기를 모아
품었던 향 죄다 쏟아내니
산중에서 전하는 향기로운 차(茶)로다
고수레– 정성을 나누는 정담에
잡풀도 알랑대는 그윽한 나무 향
새 날개에 푸르르 단내가 퍼지고
바람도 구름도 발이 묶였다

볕바라기

햇살 좋은 날에
장롱에 묻어둔 이불들을 거꾸로 널어 벌을 세운다
잘못한 것도 없이 두들겨 맞고 종일 만세 부르고 있어도
헤벌쭉 주름살이 펴지고 이불들 낯꽃이 환하게 밝다
잠자던 이불솜이 풀럭이고
솔기 사이사이 눅눅한 먼지들 삐져나와 한낮에 스며드니
문득 이 마음도 볕바라기를 하고 싶다
솜이 뭉치지 않도록 홀홀 털어내듯
울적한 마음 햇빛에 말리니
구름이 놀다간 양
햇솜처럼 포근포근 명랑하다
한결 가벼워진 몸짓으로
빨랫줄에 대자로 누워있는 이불
마음속으로 꿀잠이 밀려온다

씨

땀들을 정제해서
씨앗으로 빚었나,
구슬땀 흘러내려
땅 밑으로 스며드니
웃는 낯꽃
물 만난 풍작이다
무릇
종자는 풀어냄에 있다

무궁화

향기가 짙지 않다 하여
마음마저 화사하지 않은 건 아니라오
다함이 없이
다 주고 싶은 속정
붉은 단심이라오
그대가 눈을 뜨면
내 몸은 부풀어
꽃으로 피어나니
가다 다시 와도
나는, 나는 새 꽃으로 맞으리라
너울너울 남실대는 연분홍 치마폭에
봄날을 가두고
백일의 꿈을 담아
그리운 푯대 하나 심어서
해와 더불어 활짝 피다
해가 지면 통째로 지오리라
칠월 볕이 아무리 뜨거워도
붉게 타는 내 마음만 하오리까
시월 하늘 기세 높다 하여도
내 절개만큼 서늘하리까
백 일 동안 피고 피는 내 사랑
일편단심 무궁화라오

지렁이의 사투(死鬪)

유월 볕에 지렁이는 선잠을 깼다
살갑게 비추는 빛무리, 영락없이 제 몸뚱이 같기에
마치 저들의 나라가 땅 위에 군림하는 것처럼
짐짓 지렁이는 군주의 미행 길을 서두르고 싶었다

-너의 우매함이 지상의 경을 치노라-
아무리 몸을 뒤틀어도 흔들리지 않음은
이미 승리를 예감한 개미의 표독스런 여유였다
어떻게 밟힐 때가 가장 처절한 것인지 개미는 터득했으리라

내리치는 꼬리 요동하는 머리 따윈 관심 밖이다
오로지 지렁이 등 한가운데 팥고물처럼 달라붙어 있다
곡예를 하는 건 지렁이도 개미도 아닌
생(生)이었다

개미들 잔치 스스로 꽃상여 되어
문드러진 속살 맨땅 파도치기에 목숨 건 지렁이
개미떼 곡성에 맞춰
제 땅 위에서 서서히 타들어가고 있다

땅 위의 것은 땅 아래의 것을 시샘할지라도
땅 아래는 땅 위의 것에 눈 감고 살아야 하는 것을
땅 위의 것 아무리 위대하여도
땅 아래의 눈물 없이는 꽃이 되지 못하는 것을

내 몸의 색깔이 붉은 건 태양을 사모함이오
내 몸이 동체인 것은 흙 속에 있음이라
내 몸이 바닥에 있음은 땅속이 내가 살 곳이오
내 몸에 털이 없음은 세상에 미련을 두지 맒이라

봉숭아꽃

무성한 잡초더미 속에서도
쌩긋쌩긋 오색으로 꽃이 피고
손대지 않아도 뜰 구석구석 채워간다네
서리꽃이 꼬투리에 내려앉는 대로
장대비가 줄거리를 치대는 대로
그대로 나지막이 소리 내어 웃는 꽃,
다정하기가 따뜻한 마당 같고
넉넉하기가 정다운 울타리 같아라
쏙쏙 배이도록 그리움을 품어
꽃물이 들도록 엽서를 쓴다네
이듬해 다시 또 찾아오리라
붉은 물이 가시기 전에
희망을 실어 오는 꽃
추억이 꽃씨 되어 톡 터져 나오네

7월 수국

더위에 약하면서
7월을 물었구나
당돌한 배짱이 볼따구니에 꽉 찼다
뻘겋게 이글대는 폭염에
어찌 저리 대담하다 했더니
그사이 장마를 사주했음이야
소나기에 모가지가 꺾여도 비를 쫓는다
물을 좋아해 물을 담은 항아리라,
어물쩍 정분이라도 났으면 좋으련만
나비가 찾지 않아도
벌이 날아들지 않아도
헤실헤실 웃고 있는 모습이 처연하다
물을 함뿍 머금고
푹 가라앉은 꽃잎에서
어쩌면 감정의 구김살이 일렁이고
그 안에서 회오리를 일으키고 있을지도-
장대비처럼 울어대는 매미 소리에
뻐근한 두통이 밀려온다

위봉폭포

놓쳤느냐? 가진 것은 물같이 후한 인심이라
눈여겨보오, 두 번이래야 오진 정이지
2단 치마폭이 좌르르 암석을 타고
굽이굽이 흘러내리다 이내 못 참겠다는 듯
지층을 짓씹으며 위봉산 자락의 폭포수가
우수수 쏟아져 내리니
가히 아찔한 절경이라
전북의 으뜸 8경 위봉폭포요
소리가 폭포수를 뚫었으니
명창을 품어 낸 태고의 숨결이라
어디 그뿐이랴!
촘촘히 둘러친 푸른 이끼
괴석과 어우러져 꽃을 틔우고
마음 맞는 벗인 양 맞잡으니
해와 달도 숨고 싶은 천혜의 요새요
사계절 내리 마르지 않는 물줄기는
꿈 잃은 자들의 길이로다
좋구나,
몰아서 솟구쳐 넘친 물이 올라 꽂힐 듯
은가루 펄펄 날리는 폭포수 아래 있노라니
쏴락쏴락 마음의 때가 씻기어 가는 듯하고

득음을 깨친 양 절로 통쾌하니
예가 바로 봉황이 놀다 간 위봉이어라

봄 잎, 여름 소나기, 가을 하늘, 겨울은 봄

나 그대 곁의 봄빛이 되겠습니다
그렇게 봄이 다가올 때마다
그대 곁 어느 곳에든 있을 테니
봄이 느껴지는 어디에서건
저를 만나주세요
움트는 새잎 속에서 꽃샘바람에도
흐드러지게 피어나
만물이 소생하는 떨림 한가운데 있겠습니다
나 그대 곁의 여름빛이 되겠습니다
그렇게 여름이 다가올 때마다
그대 곁 어느 곳에든 있을 테니
여름이 느껴지는 어디에서건
저를 만나주세요
이 나뭇잎에도 저 냇가 구름 위에도
한여름 밤 소나기처럼 찾아들겠습니다
나 그대 곁의 가을빛이 되겠습니다
그렇게 가을이 다가올 때마다
그대 곁 어느 곳에든 있을 테니
가을이 느껴지는 어디에서건
저를 만나주세요
붉은 열매 속에서 바스락대는 세상 소리에도

맑은 하늘 머리에 이고 이 가슴 알록달록 물들여놓겠
습니다
나 그대 곁의 겨울빛이 되겠습니다
그렇게 겨울이 다가올 때마다
그대 곁 어느 곳에든 있을 테니
겨울이 느껴지는 어디에서건
저를 만나주세요
잔가지 올라타는 눈덩이에도
깊은 밤 들려오는 부엉이 날개를 젖고
봄을 기다리는 마음 하나로 다시 세워놓겠습니다

밤나무 아래에서

밤나무는 가르침이다
구하기 위해서는
절로 허리를 숙여야 하니
고마움도 줍고
놓친 들꽃도 눈여겨본다

밤나무는 배움이다
성급함을 잠재우고
걸음도 살펴 가니
풀잎에 누운 밤송이
알토란같은 속만 내민다

밤나무는 공감이다
더러는 밤송이 허탕이어도
쌍으로 덤도 보태주니
기쁜 일도 슬픈 일도
돌아보면 다 샘-샘이다

밤나무는 깨우침이다
떫은맛을 벗기고 나서야
단밤을 맛볼 수 있으니
삶의 고난을 이겨내야
찡한 감동을 느낄 수 있다.

덕진채련

진흙 속에서 씨를 틔워
여타의 추종을 불허하며
올곧게 피어나는 꽃-
수만의 자태가 저마다 다르나
고혹적인 모습은 한결같으니
쉼터의 현판이
어찌 풍월정이었는지
풍월을 읊지 않고서는
도저히 배겨날 수 없는
연의 갸륵함을 담았음이라
5월 단오
연에 둘러앉아
유유히 흐르는 창포 물줄기로
부스럼을 긁어내고
삶의 애환 달래주던
그 오랜 시절부터
덕진의 연꽃은
전주의 아름다운 풍광이었으니
배시시 흘려보낸 연향에
노을도 꽃인 양 물고 가는
불덩이여라

공짜 보약

땅 밑에 얼마나 좋은 약들을 발라뒀기에
해마다 풀들은 어김없이 그 자리에 삐죽삐죽 고개를 들
이밀까
작년에 올라왔던 바랭이 옆에 쇠뜨기도
뒤통수를 긁적대며 헤실거린다
올망졸망 떼 지어 사는 땅뙈기가 한 뼘씩 퍼져있는 사이
하얀 나비 한걸음에 날아와 친근하게 눈인사한다
인생이란 이런 것인가
기쁨에 들뜨지 않고 슬픔에 굴하지 않는 무심한 잡
초처럼
삭풍을 견뎌내야만 맛볼 수 있는
내 자리 내가 살아가는 이유 내 가족 내 이웃
척박한 땅에서도 저절로 자라 스스로를 지켜내는 풀들
을 보니
보약 한 첩 들이킨 듯 유난히 봄꽃도 알록달록하다

천리향

안 보이는 척 키를 낮춰도
눈 감고 찾을 수 있다
춘삼월에 피어나
팡팡 부풀어 오른 꽃-볼로
그믐밤을 밝히는 천리향,
말 건네지 않아도
꽃향기와 절로 눈이 맞는다
어느 땅에 꽂아도
뿌리내려 휘어지지 않으니
봄볕도 황송하여 자리를 뜨지 못한다

돌아보니
시를 짓는 일이
참으로 너와 같구나
너무 건조하면 잎이 떨어지고
너무 습하면 뿌리가 썩고
싹트는 힘은 더뎌도
칼바람 속 꽃눈도 밀어낸다
꿈으로 그리던 시심
꿈을 꾸듯
그윽한 향을 피우고 싶다

2부

위험한 연애

그대 생각

코끝 간질이는 성가신 꽃가루처럼
그대 가슴 어딘가를 간질거려
기분 좋은 재채기가 되고

힘들 땐
도둑고양이처럼 살금살금 다가가
축 처진 어깨 푸근히 덮어주는 솜털이 될래

혹여 화나고 짜증 날 땐
앞발치 차이는 돌멩이 되어
시원스레 먼지처럼 날아가 버리고

싱싱한 바람 한 자락 썩둑 베어다
그대 먹장구름도
물밀어 몰아내 버릴래

무엇이든 될래
그리움이라는 방부제 꼭꼭 채워
유통기한 없는 호흡으로 살래

그대 오는 길 환해지도록 사뿟대는 걸음
신발 속으로 그대 생각 들어와
찰박찰박 밟혀 노네

詩 밥

누구나 기다려지는
햅쌀 같은 시
양 볼이 미어지고
실팍하게 살이 차는 밥
밥이 꽃을 피우는
시
밥을 짓고 싶다

삶의 이야기 오물조물 무쳐서
봄여름 찬으로 내어놓고
가을겨울 국으로 설설 끓여내
꽃 밥잔치 둘러앉아
숟가락도 놓기 싫어
살찔까 걱정하는 시
밥이 먹고 싶다

오늘도
논에서 놀고 싶은
시의 종자들을 솎아
여러 번 헹궈내어
몽긋몽긋 뜸 들이며
사람 냄새 모락모락 나는
시 밥을 짓는다

익어가더라

섧게 살아도 봄은 오더라
옆구리 쥐어박는 근심일랑
가을 찬거리로 해뜨리고
단풍 물든 인생길
노란 산국 한 움큼 따다
베갯속에 짱 박으니
귀 밝은 사랑이
맞춤 맞게 익어가더라

위험한 연애

꽃 모가지 자른 적 없이
그 자리에 꽃잎 열 평
가시에 햇빛을 털어낼 때마다
너는 나의 꼬리를 받쳐주었고
가시덤불 속에 다다른 네 하늘만큼
내 날갯죽지도 간절하고 애가 타지
매 발톱에 눈 하나 깜짝하지 않을 만큼
너의 울타리는 날카롭고
일 년 열두 달 푸른 탱자 가시같이
내 그리움도 촉수를 쳐드는데
비스듬히 기대 놓은 고백은
언제쯤 네 가시 안에 찔릴까

*탱자나무 가시로 날아든 새

연분

마음을 내려놓되 글의 종지는 나의 것이 아니고
가야 할 길이 바쁘더라도 한걸음은 부러 돌아가라
붓으로 그리는 마음이라는 게
뻐근한 슬픔이자 살가운 행복이라서
만개한 꽃들과 춤추며
너를 위해 웃어줄 수도 있는 여름날 소나기 같더라
하고 싶은 말이 많더라도 눈 한번 맞춰주면
금세 산고도 잊을 만큼 좋아서 속없이 또 종자를 배고
입덧을 하는 게 시인이더라

꽃 피다

맷돌에 심장을 끌고 가는 듯
숨이 막힐 정도로 아프고 힘들어도
간절함만 있으면
어떻게든 살아가는 게 사람,
그렇게 살아가다 보면
이미 재가 되어 부스러진 감정까지
새카맣게 타버려서
더는 아무것도 남지 않았다고 생각한 마음에도
언젠가는 봄이 찾아와서
언제 아팠냐는 듯
어여쁜 꽃들이 다시금 피어나지

까치집

새들은 좋겠다
집 짓고 싶은 나무들이 많아서
이 나무 저 나무 우람한 뿌리를 찾아다니지
재주도 좋아라
이 산 저 산 알진 소식들
부리로 콕콕 물어와
둥글게 둥지 꾸미니
집도 튼튼해
바람 불면 흔들침대 그래도 끄떡없지
비가 오면 물청소 그래도 잘 마르지
망치 소리 톱질 없이
일등 목수가 지은 집
헌 집도 부서지지 않아
이사 가면 다시 이사 오지
얼키설키 엮은 마음
햇살도 촘촘하게 나붓대고
하늘과 눈 맞추는
제일 높은 집
세상에서 제일 든든해

시어

누가 날 여기로 데려왔나
본능이다
숲을 누비고 먼 하늘 돌아
이 가슴에 박히기까지
네 삶은 얼마나 고단했으랴
이제 널 쉬게 하리니
육중한 몸을 풀어
순금의 언어로 가벼워지라

아름다운 영접

살면서
뭇사람들의 시시비비가
더러는 내 마음을 어지럽게도 하지만
어지럼증은 자신의 믿음이 흔들렸기 때문입니다
내 믿음의 중심 스스로 바로 잡으면 그만인 것을
당신이 나로 인해 환난을 줄지언정
고통마저도 감싸 안을 수 있는 게
마음의 도리입니다
도리란 명시되는 게 아닌
마음의 흐름입니다
때로는 천 갈래 만 갈래로 때로는 유유하게
흐르는 매듭 묶어둘 수 있는 지혜가
사랑의 용기입니다
난 거창한 사랑을 알지 못합니다
난 죽음같이 영원한 사랑을 알지 못합니다
다만 내가 아는 건
세상이 그를 버릴지라도
내가 끝내 버리지 아니하는 의로운 약속입니다
누구나 다 그러할 수 있다 할지라도
내 마음만 그러하지 않으면 됩니다
이유는 오직 하나입니다

사랑의 시작은 형형색색 갖가지 이름으로 오지만
사랑의 끝은 정성이기 때문입니다
오직 섬김,
그 외에 다른 까닭이 있을 수 없습니다
세상의 장애도 모두 거름입니다
거름 빛이 고울 수 없고
그 냄새가 향기로울 수 없습니다
자신을 지켜내기 위한 자양분일 뿐
고난 자체가 사랑의 한계라 할 수 없습니다
거름 없이 그 어떤 생명도 온전히 자랄 수 없습니다
차라리 내가 그 거름이 되었다고 생각할 겁니다
당신을 살게 하고
날 살아있게 하는 거름
그렇게 서로 거름 안에 머물러 살아가다
녹음(綠陰)으로 우거지는 삶의 향기
섬김을 지켜내는 용기가 사랑입니다
창창히 물들어가는 마음이 사랑입니다

아까시나무

하늘도 가릴 양 부풀더니
시치미 뚝
구름 속에 숨지 마라
소리 내 웃지 않아도
거짓말 못 하는 너
나도 그런 널 닮고 싶다

일제히 머리 숙인 고백
대롱 끝에 매달려
멀리 서 바라만 보아도
눈 맞추고 바람이 났다
도망칠 수 없는 너
나도 그런 널 품고 싶다

꽃수 화관 머리에 쓰고
나풀나풀 향기로 웃는
오월의 내 신부여,
산골 물도 네 향에 취해 허리를 휘고
꽃등에 실려 온 연정
내 키가 한 치나 자라난다

잠 못 드는 밤

다르랑 다르랑 콧바람에 실려 오는 소리
어머니 곁에 누워있는 호사가 꿈만 같습니다
두고두고 못 잊을 숨결이기에
슬픔을 짓찧어 숨죽여 우는 가슴
행여 깨실까 장단 맞춰 그렁그렁 코를 곱니다
구들장 온기보다 뜨거운 어머니의 숨
동이 틀 때까지
불효로 불침번을 세워
눈으로 마음으로 굽은 등 안아드립니다
꿈속에서는 부디 고통이 짓누르지 않기를
옆집 마실 가시듯 가벼운 걸음이길
사무친 가슴에 옹이로 박혀버린 그리운 어머니 집 한 채-
처마 끝에 바람도 죄인인 양 말뚝잠을 자고
꿈꾸듯 비비시는 뒤꿈치 각질 소리에
겨울밤이 카랑카랑 깊어갑니다

사랑을 매다

호미 든 손가락이 바쁘다
껑충 웃자라서
뽐내기 좋아하는 길쭉이는
허리춤을 불끈 여며주고
형님들 등살에 주눅 든 납작이는
엉덩일 들썩거려 우쭐대게 하였다
성가시게 기웃대는 불량배들은
뿌리까지 싹둑 혼쭐을 내주고
누렇게 뜬 골골이는
쓸어주고 토닥여서 살길을 터줬다
밭을 매고 있노라니
영락없이 자식 키우는 모양새다
이 마음이셨구나.
구들장 온기가 식기도 전에
부스스 새벽을 털어내시던 어머니,
고됨도 잊으신 채
밭으로만 달려가신 어머니 마음을 이제야 알겠다

마음주의보

하늘이 폭염이라 하여 내 마음에 그늘이 없고
하늘이 폭우라 하여 내 마음도 볕이 없다면
그건 내 마음에 병이 생긴 거야
고슬고슬 잘 말려서
바람도 쉬어가라 채비를 갖추는 게 마음이지

감성과 이성

무엇인가
감정의 지뢰, 발 다듬는 이성은
눈에서 멀어진 그리움
손 흔들며 눈물 강 건너간다

생각도 하기 전에 눈물 되어 버리고
생각을 하고 나면
가슴 안으로 깡그리 밀물 되어
별이 되지 못하는 사연들

감성을 수태한 가슴
섶 여민 이성과
서로 딴 얼굴 붉히며
하늘 향해 헛구역질하는데

속으로 깊숙이 다져진 생채기
주름 꽃 부풀린 심장의 곡예에
검붉은 핏물들
충혈된 세상을 널고 있다

깊게 울지 말자
얕게 웃지 말자
반달로 뜨는 감성의 뜰에
가만히 웃고 지나가는 이성의 엇갈림

덧댈 자리 하나 없는 약속의 땅
버려진 들에서 꽃이 피고
다시 산이 되듯이
무정란의 날갯짓 푸드득 푸드득 꿈을 판다

꽃차

찔레꽃 한 잎 띄워
찻잔에 물을 부어요
배시시 퍼져나가는 꽃잎
긴 줄기 이리저리 내밀어
돌무더기 포근히 감싸주던
햇살 냄새가 나요
슬픔을 구슬린 단내가 삼켜져요

진달래 참꽃 띄워
찻잔에 물을 부어요
수줍게 치맛자락 여미는 꽃잎
열없이 몸을 푸니
봄이 살아나요
마음-새 수를 놓아
겨울을 이겨낸 봄을 마셔요

진실한 마음을 담아
찻잔에 물을 부어요
향기로 웃물을 띄워
믿음으로 풀어지는 아랫물
고운 빛이 계절을 타고
삶 속으로 채워지네요
생각만 하여도 꽃차가 되는 사랑
말에도 꽃물이 들어요

만조

바다 한가운데 하늘로 가는 길이 뚫렸다
파도에 흩어지는 은빛 물살이
윤슬 위를 스치는 구슬같이
조각조각 물무늬를 그리고
물고기 비늘 속으로 노을이 겹겹 스며든다
비우기도 해서 바다
메우기도 하여서 바다
홀로 빛나지 않는다
곁을 내어주는 사사로움이
무엇이든 깃들 수 있게 해주고
반짝거릴 때까지 물때를 씻겨간다
떠나고 나서
보내고 나서
지나고 나서
비로소 발 들인 그리움
바다의 숨이 더 깊어만 간다

꿈

1.
찰나는
그 시절 속에 묻어둔
하얀 꽃비 같아서
포르르
새들이 몸을 말리면
기척도 없이 사라져
깨고 나면
절절히 꽃물만 뚝뚝

2.
바람에 나뭇가지 흩날리듯
물같이 어제 본 저 바위같이
꿈속에 들려오던 그리운 목소리
생시인 양 따뜻하여라

석류

여름내 달궈
해처럼 붉어졌어
저토록 좋아 애가 타니
새콤달콤한 내 마음
알알이 부풀어
이 방 저 방
소문이 다 났네
좋아하는 티는
눈맞춤으로도
감출 수가 없나봐
살포시 웃었는데
저절로 이가 다 보여
이런, 침까지 고이잖아
내 맘 다 들켜버렸네

달아, 달아

저 넓은 하늘을
저 홀로 꽉 채우고
저토록 여유롭다니
그대는
한없이 너그러운 거요
당차게 오만한 거요.
누구 눈에든 쉽게 뜨이면서도
쉬이 권고하지 않고
천지를 비추면서도
욕심은 내지 않는
그대는 영락없는 사랑꾼이오.
보낼 수도 없거니와
차마 놓을 수 없는
그리운 파편들
떼쟁이 구름 달래듯 쓸어주는
그대는 더없이 충직한 문지기요.
내 안에 그대 들어차니
고요함에 이끌리는
내 마음 잡아주오.
그대 내게 온 까닭을 알았으니
한 편의 소설 같은
못다 한 이야기를 전해주오.

사막의 꽃

널 사랑하는 일이
사막 한가운데 꽃 피게 하는 일이라서
그
리
움
털어
마중물 솟는 눈물
아니 젖은 데 없이 흠뻑 절여 놓는다
사람아,
전생에
그대는
가시였나보다
눈이나 맞추고 말
그저 바라보고 있어야 할

마른 먼지 입김 불어
가깝게
더 가까이
고통도 황홀해
그 가시
살
속

헤집고 들어와
굽은 등뼈 곧추세우니
그대의 침
척수로 골을 탄다
불모래도
추억이라
바람도 사연이라

너로 인해
불같은 사막을 만났고
태양 닮은
문신 하나 새겼으니
초열에
소금
쩍
쩍
일어나는
황막한 세월도
너 같은
오아시스
너 아니면
잡지 못하리라

능소화

여름을 삼켰음이라
눈 데일까 주홍빛 불송이 틔우고
임 오실까 더 높이 까치발 짚고
멀리서도 보이도록 시계추처럼 흔들댄다
학망으로 산대해진 몸뚱이
종신하는 구들장처럼
담벽을 야금야금 파먹으며
오매불망 넝쿨로 크는 꽃,
이 마음 꺾으려 하지 마세요
세상사 인연 눈멀게 하니
구름다리 받쳐놓고
활짝 핀 그대로
후드득후드득 노을로 지는 고백-
말 많은 여름, 너로 인해 올연히 뜨겁다

어머니의 땅

"오래 묵힌 된장처럼 제맛을 낼 꺼"
  땅 파먹고 사는 호미마저 튕겨 나가는 고랭지 밭에
  잡초더미처럼 우거진 어머니 한숨 소리가 아스라이 멀어져간다
  사람 손을 타지 않은 묵힌 땅
  땅 갈아엎는 생각에 겨울잠도 잊은 어머니 손마디 굳은
살이 바짝 긴장하고
  대나무 뿌리처럼 일그러지고 비틀어진 손으로 착착 풀
들을 걷어 헤친다
  구구절절 사연 많은 땅뙈기도 앞다퉈 큰절을 올리고
  허연 이마 정갈하게 빗어내리니
  어머니 손처럼 무서운 게 없고 억센 게 없고 큰 게 없다
"농사는 마음으로 짓는 겨, 구덩이를 깊게 파서 흔들리
지 않게"
  고랭지 밭은 열 손가락으로 써 내려간 어머니의 자서
전이다

짝사랑

내 속에 심은 씨들을
한 올 한 올 뽑아내며
천 번도 넘게 밟고 다져
네가 오길 기다렸는데
너는
다른 가지에
그물을 치고 있구나
아, 얽혀버린 거미줄
너른 집에
눈물만 쏟고 간다

창작의 카타르시스

창작은
늘 고통 속에서 나오나니
기쁠 때는
이 기쁨을 더 극대화하는 표현으로
슬플 때는
눈물이 철철 떨어져 나가는 양
사지로 언어로
다 끌어내야 하리라
하여
그대로 그 마음을 담아와
혼탁한 핏줄을 갈아엎고
그보다 더 절실하고
절박한 감정이
손가락 끝까지 배어
쓰지 않고는
배길 수 없을 지경에 이르러야 하리라

병명: 그리움

데리고 다닐 수 없어 이토록 사무치는 건가
가질 수 없기에 더 원하게 되는 모순
추억이 없었다면 기억할 수 있는 일들도 없다
찬란하게 쳐들어와서 뭉그적뭉그적
눈앞에 아른대는 욕심은 허구한 날 허기가 진다
말로 전해지지 않는 통증
톡 따서 쏙 넣고 다니는 열매나 될 것이지
거머리처럼 달라붙어 피를 말리는 그리움,
보이는 건 죄다 야위어간다

추억 소환

1.
붓끝에
가까스로 맺혀있는 물감 한 방울이
여지없이
뚝
화르르 번져가듯
추억은
명치끝에 늘 도사리고 있는
감지기다

2.
노을에 비비는 바람
귀밑을 싸르락 쓸어가고
길 위에 뿌려지는
기억의 빛깔들
주룩 주르륵 물알을 터트리며
굽이굽이 젖어들 때
추억의 낯꽃
발그레 달아오른다

10·29 참사

삼삼오오 들뜬 표정의 사람들
자유로움을 발산하는 이태원에
다양한 문화가 녹아드는 이 땅에
주인 잃은 신발 255켤레가
그날의 사투를 온몸으로 표현하고 있다
더 이상 비집고 갈 곳도 없는데
자꾸자꾸 밀려오고 쓸려가
이 생의 마지막을 이곳에서 마친 영혼들-
더 이상 축제라는 이름을 꿈꿀 수도 없을 만큼
159명의 꽃다운 청춘들을 삼켜버린 슬픔의 땅
그날의 참담함이 곳곳에 낱낱이 서려있다
얼굴 한 번 더 만져주고
더 안아주고 더 토닥여줄 걸
사랑한다고 말해줄 걸
먼저 보낸 미안함에 애끊는 마음들은
얼마나 많은 시간이 흘러야
그 아픔들을 극복할 수 있을까
경사로 밑 사람이 겹쳐 겹쳐서 쓰러진 자리
시든 국화꽃 위로 금세 쌓이는 국화꽃
포개지 마라
숨이 막혀온다

3부

어루만짐

치매

꽃다운 시절만 기억하고 싶으셨을까
이름 석 자 남겨놓고 하나씩
하나씩 지워가셨다
제일 먼저 외로움을 지우시고
서러움을, 기다림의 끈을 놓아버리셨다
웃는 법을 잊어버리지 않기 위해
행복했던 추억 몇 개는
고쟁이에 고이 품으셨나 보다
허리춤에 손이 닿기도 전에
웃음보 흘러나와 해맑게 잘박거린다
얼마나 그리웠으면 순간순간을 살다 가실까
얼마나 간절했으면 정을 떼어가셨을까
오늘도 하얗게 지워진다
멈춰버린 시간 속에
길을 잃어버린 기-억-상-실

나름, 나름대로

어떤 사람을 만나느냐에 따라
철 따라 피어나는 꽃이 되기도
몸만 내어주는 나무가 되기도
꽃도
나무도
같음이 아니리니
아름다워지도록 매만지고
보살피는 섬김이 있어야
비로소 다시 찾고 싶은
숲이 되리라

삶도 사랑도 다 그러하리라

어루만짐

간혹
왜 시를 쓰느냐고 물어오면
눈에 보이는 저 산새
그 밑으로 흐르는 감정들이
소곤소곤 제 소릴 들려주니
그냥 받아 적는 것뿐이라 한다
시는 그들의 이야기다
눈 녹은 산이 그대로 청산이듯
이 많은 사물을
다정한 벗으로 삼으니
부족했던 삶이 빛이 나고
사람 힘을 더하지 않은 종자들이
도리어 손을 내밀고 정을 준다
그 속으로 들어간다
마음으로 악수한다
맞잡지 않으면 함께 울어줄 수가 없다
그 어루만짐이 詩다

벌집

홧홧 달아오르는 얕은 숨결에
날갯짓이 분주하다

꽃들의 유혹인가
꿀벌의 홀림인가

꽃샘을 빨아들이는
벌떼의 쪽쪽 소리

그윽이 산천을 에워싸니
낯붉힌 야생화도 오월 청춘

세상 달콤한 벌집 구멍에
산 하나가 들어앉아 있다

노란 산국

해 뜰 때까지 두런대더니
너의 기다림 새벽을 불러온 듯
수런수런 피어나는 노란 산국,
물컥물컥 쏟아낸 향기에
가을 하늘 높아지고
꽃물 만찬 안 뺏기려
벌떼들 아우성이 지악스럽다
옳구나,
속살까지 샛노랗게 옮아 온 황달
달빛도 제 몸인 양 알싸하게 젖어드니
꽃내음 담아뒀던 베갯속에
사락사락 자장가가 퍼지고
노란 산국 한 움큼 그대 곁에 뿌리니
달달한 사랑 홍시처럼 익어간다

빈집

빛이 바랜 채 꽃잎이 뜯겨나갔다
너무 오래 쓰다듬고 계셨을까
고적했을 어머니 모습은 꽃잎과도 같다

하루를 멀다 않고 긴 날을 길다 않고
산 버들 바람처럼 흘러오라
기다림의 세월이 굽은 등과도 같다

그리움은 품 안에 있건만
천리 밖에 두고 온 듯
바람에도 떠밀려오지 않고
빈 둥지에 외로이 걸쳐있다

담백하라

선으로 오다
색인가 싶으면
어느새 점이 되어
마음으로 여울지는
추

가두면 치솟고
벗어나면 이끌리어
금세 들키고 마는
도깨비
풀

눈감아 굽어본 심장
그렇게 별도 뜨는 것을
소리에 놀라
추에 울고
풀에 웃고

마음 하나로
천 리를 달리는 병통
오롯이
시구(詩句) 속에 감추어
맨머리 가르마를 탄다

말벌

비빌 자리 하나 찾는데 수십 번을 털어서 발톱을 걸치고
침을 번뜩이며 지악스럽게 달려들어 주둥이를 얹었더니
마침내 수천 번을 털어낸 날개로 꽃가루를 따내는구나
날개의 본능엔 멈춤의 기억이 없더라,
꿈을 파는 날갯짓에 햇살이 사방으로 부서지고
말벌의 뒷발질에 신이 난 꽃들도 왈칵왈칵 향기를 토
해내더라
한바탕 놀다 간 꽃가루 잔칫상에
납작 엎드린 풀벌레 은근슬쩍 걸음을 쫓고
바람도 몽긋몽긋 일어나 꽃단장 나서니
소나기가 저만치 물러나 앉더라

곱

관절이 우는 소리를 들은 탓인지
곱도 덩달아 나이랑 놀자 한다
줄기에 대롱대롱 딸려 오는 고구마처럼
희미해지고 뻑뻑하고 눈짓물이 찧고
별수 없이 밀려나는 곱
세상살이 눈칫밥도 한몫이다
나이를 먹어간다는 게
다복다복 주름살 늘어나듯
숨차지 않은 것이라면 얼마나 좋을까
눈 감고 귀 닫고 넘어온 세월
이제는 열려 하니
까맣게 전구가 먹어들 듯
덜컥, 세월 앞에 덜미가 잡혔다
두고 온 풍경도 한 짐인데
서러운지 눈가에 곱이 또 맺혀있다

그냥 둬라

꺾지 마라
바람도 다독이며
저 홀로 피는 꽃
제아무리 고와도
탐내지도 취하지도 마라
혹독한 겨울 비집고 올라와
스스로 아름다운 꽃,
그리움으로 새잎을 내놓았으니
발걸음 소리도 살펴 가라
혹여 상처 입고 외로움에 지쳐
때로 작은 눈짓에 흔들려도
피고자 하는 순정은 꽃이 될지니
어쭙잖은 위로 따위로
손 내밀지 말라
감히 내 화병에 꽂지도 말라
자칫 그 꽃 꺾어 아둔한 자랑도 하지 말라
탐욕의 손을 지닌 그대가 소홀히 여길 꽃이 아니다
그러니 홀로 뿌리내린 귀함을
세상의 소유로 지켜보기만 하라
상처도 꽃이 되는 공력,

그 꽃 있어 즐거움이 세상에 넘쳐나니
꽃의 눈으로 바라보고
그 마음으로 꿈을 꿔라

호랑이연고

여러 해
쪼고 갉아먹는 이 빌어먹을 통증
오늘도 여지없이 박박 약을 바르다
불현듯
오래전 엄마의 머리맡에도
못 박힌 듯 항상 그 자리에 놓여있던
약통의 기억이
쑥쑥 쐐기풀로 피어올랐다
피를 맑게 하고 뼈를 튼튼하게 하고
기운을 북돋아 주는 보약보다
당장 화하게 통증을 탕감해 주는 현실의 약,
먼지가 내려앉은 갖은 약통 중에
유독 호랑이연고 뚜껑만 반질반질
윤이 났던 것도
그런 까닭이었나 보다
호랑이 다녀간 것처럼
박하 향이 진하게 배어 있던 엄마의 이불
날카로운 송곳니 통증도
그 안에선 호랑이밥이었을까.
발라보니 알겠다
엄마에게 그 약은 묘약이었고

비타민이었다는 것을
왜 자꾸 손이 가는지를
아파보니 알겠다
아픔을 잊고 다시 일어서고 싶은
엄마의 마음이
만병통치약이었다는 것을

감동

그대가 베푼
아주 작은 움직임
당신도 생각나지 않는
그 오래전 나를
어느 날
누군가
기억하며 웃어줄 때
그대가 되돌려 받는 감동은
신선한 충격이 되고
귀한 믿음이 되리라
무엇을 기대하기에 앞서
당신 편이 되어 달라 애쓰지 말고
당신을 이해 해주라 떼쓰지 않아도
그대의 행동이 아름다우면 따르리니
그대의 마음과 생각을
사랑으로 온전히 지켜가라
그리하면 신뢰는 스스로 당신을 찾아와
행복한 감동이 되리라

모과는 지천명

풀꽃도 아닌
새색시 볼처럼 붉은 꽃
나무에 피어나
굵지도 않은 가지에
자루도 없이 매달려
매끈매끈 연노랑 미인과
울퉁불퉁 못난이가
사이좋게 어우러지며
향을 키워나간다
모가 나야 모과,
눈여겨보는 이 없어도
추위와 맞서
둥글게 모를 비벼대며
단단한 껍질로 견뎌내니
모양이 고르지 않아도
재미있고 아름답지 않은가
서리 내리고 푸른 잎 떨어져도
까치야 훠이 가라
높은 나무 위에서
땅끝까지 품고 가니
그윽이 짙어가는 모과 향이
이집 저집 담벼락을 넘나든다

구제역(입발굽병)

14일 잠복을 마친
생태계 반격이 서서히 다가오고
우리의 탐욕
자신을 옥죄는지도 모르는 채
바이러스 향해
활짝 그 문을 열어준다
우리의 생존을 위하여
산채로 매장되는 축사의 비명
계곡을 핏빛으로 물들이며
먹먹한 곡성
애통히 겨울 산을 깨운다

발굽이
아니, 심장이 갈리고
멈추지 않는 침
이승의 한이 처연하게 피눈물로 절규하다
눈 뜬 채 머리를 땅에 내려놓는 소
태어남도 유죄
실려 온 바람도 유죄 무죄도 유죄
내뿜는 하얀 입김과 울음소리
이 땅에 진저리 치며

포말의 아우성 타고
워낭소리 혈맥을 관통하는데,

생떼 같은 목숨
시루떡처럼 겹겹 포개져 쓰러진다
뿜어져 나오는 콧구멍의 증기처럼
생명 소리 가득 찼던 이 땅에
대속하여 살처분되는 구제역-
남겨진 자들에게 초연히 살길을 열어주고
죽음으로 삯을 갚는 결연함에
그들의 윤회를 간구하나니
우리의 욕망이 이제는 구제되기를
우리 가슴속의 바이러스가 이제는 사멸되기를
사람이 짐승만도 못하는 일, 이제 다시는 없기를

흐린 세상 건너가기

흐려짐은
타고난 바탕이 드러났음이려니
겉으로 드러나는 모든 것은
속에 든 것의 표현-
솥에 가득한 국물을
한 숟가락만 먹어보아도
맛을 알 수 있음이라
오래오래 우려낸 뼛국처럼
그 맛은 자극적이지 않으나
모든 맛이 그 속에 다 들어있음이라
하여 맑음이란
아무것도 조리하지 않았으나
무미한 가운데 숨어 있음이요
제자리를 찾아 흐르는 본질이어야 함이라

수술을 앞두고

존재감 없이 제 자리인 양 항상 박혀 있고
무게감 없이 마음의 짐은 해마다 늘려 놓은
내 몸속의 내 것 아닌 나의 혹-
알은체 말고 흘러가지
어딜 가다 곱드러졌을까
동산에 똬리 틀고
날름날름 신경을 갉아먹는구나
군더더기 살도 "정"이라
휘어 안고 살다 보면 노여움 가시겠지
솜털처럼 가벼워지겠지
사락사락 다독였는데
너도 나잇살을 먹는 건지
지천명 고갯마루에 부푼 짐을 풀게 하는구나
물목에 널 들어 앉혔으니
네 살이 팽만해진 것도 내 죄
물마에 숨차게 한 것도 내 죄
좌르르 내리질러 너울너울 메말라가기를
피막을 뚫고 나와
거친 땅에 봄뜻이 여물어가기를
수술대 천장 빛이 소금처럼 밝디-밝다

무심한 죄
-간암 판정 후 다시 쓰는 삶의 이력서

네 몸에 신열이 있고 나서야
우리 피가 반쪽이 아님을 알았고

네 고통이 생간을 찌르고 나서야
우리 간이 녹아내리는 것을 알았다

네 눈에 늦가을 은행잎이 피고 나서야
우리 몸이 누렇게 뜨는 것을 알았고

네 살이 거죽으로 마르고 나서야
우리 심장이 돌덩이였다는 것을- 알아야만 했다

왜 몰랐을까
어이해 지나쳤을까

한 올씩 빠져나가는 머리카락 진자리
마른침 삼키며 너 홀로 슬픔을 새겼다면

이제는 홀로 우지마라
머리카락보다 강한 쇠심줄로 네 닻을 세우리니

네 나이 사십을 발목 잡은 암세포

사십을 버텨 낸 네 독기와 우리 기도가 불같은 기적을
이루리라!

일어나 싸워라 아우야
싸워서 이겨라 아우야

양팔에 네 여자와 어린 자식들 품고 이 삶에 진저리
를 쳐라
살고자 하는 의지가 곧 너를 살게 하리니

임종

아버지는 시시각각 숨을 참아 가족들 올 때마다 눈물로 답하시고
춥지도 덥지도 않은 날에 가고 싶어 하시던 어머니는
혹여 추워질까 채 모이기도 전에 서둘러 길을 떠나셨다
낯설어 외롭고 두려운 초행길
어쩌면 아버지는 보고 싶은 얼굴들을 눈 속에 다 콕콕 찍으셔야
가시는 길이 덜 적적하시고
어머니는 다 담아두고 눈 감으실 일이
금치 못할 고통이라 배웅 없이 돌아서셨는지 모르겠다
하나 둘 여럿의 애달픈 마음이 거기에 다 있었으니
곡소리 못내 밟히시어 막음돌에 멍이 들진 않으셨는지…
임종은
한낱 일상도 억겁 부재로 묻혀버렸던 열렬한 시간이었다
온종일 애쓰고도 힘에 겨운지
음지에 덧쌓인 서리를 종내는 녹이지 못하는 섣달 볕만큼이나
방부제 없이도 썩지 않는 정이 그리움이라는 것을 통감했다
보고 싶은 간절함은 일체의 자비도 없고 호락호락하지 않아서

남겨진 사람들에게 각인되는 하루하루 영원한 고별이

　여전히 담담할 수 없는 기억을 붙잡고 향을 태우도록
버려두었다

　미라처럼 굳어버린 부재에 매양 그리움만 말캉말캉
하였다

　상실감에서 오는 슬프고도 아픈 이별

　그렇게 진행형 이별을 겪으면서도 그 길로 따라가지 못
하는 것이

　진행형 삶이라는 것을 부재는 회생의 길로 차근히 돌려
세워줬다

　꽃이 지고 봄날이 가듯

　삶의 무게도 산 자가 누리는 행복이라 여기니

　깃털처럼 가벼워지는 가난한 시련—

　삶에 빛을 찾아가도록

　세월이 마음을 움직여주고 있었다

2020 코로나의 봄

바짝 물오른 꽃봉오리
봄물이 터져 나올 듯
눈만 맞춰도 두근두근
들꽃도 부푼 몸으로
있는 힘껏 꽃대를 밀어 올리니
귀 밝은 노루귀꽃* 쌩긋
막바지 꽃단장에
동백도 손이 바쁘다
동장군 이겨내고
턱 밑까지 차오른 봄
북적북적 봄맞이로 이글대는데
꽃 아래 웃어주던 친구들
다 어디로 갔을까
꽃향기 가둬버린 마스크 행렬에
멋쩍은 봄소식이 샐쭉
주눅 들어 시들해지다
명주바람** 솔솔 뿌려준다
겨울을 이겨낸 봄이 되라고
고통 속에 피어나는 꿈이 되라고

*노루귀꽃: 이른 봄에 제일 먼저 피는 꽃
**명주바람: 보드랍고 화창한 바람

그해 겨울

"보기도 아까워"
어머님 눈 속에 가득 들어찬 아들
그 어느 때보다 총기가 밝습니다
비집고 들어와 갉아대던 암세포도
움찔, 허둥대다 그만 내쳐집니다
곁에만 앉혀도 마냥 좋은 아들-
소원이라 하심이
내 아들 얼굴 많이 보면 좋겠지만
오래 보면 볼수록 서로 힘드니
내 아픈 건, 아들이 안 봤으면 좋겠다
느낄 수 있었지요
아들이 보고 싶어 눈 뜨고 싶어도
도리어 힘들까 자는 척해주고
가는 뒤통수 슬쩍 보시며
볼 한번 머리 한번 어깨 한번 손 한번
눈으로 싹싹 쓸어주시는 게
어머니 낙이셨다는 것을요
하루 중
그때가 제일 행복하셨을 어머니
"다 줘도 아깝지 않은"
어머님 아들과 잘 살겠습니다

버려진 상

길가에 버려진 밥상-
땟물이 구석구석 배어 있고
서걱서걱 칼금이 뭉그러진 잔상 너머로
묵은 내 기억이 편편이 뉘어간다
밥상머리 삥 둘러앉아
끝날 줄 모르시는 아버지의 훈계에
국그릇 코 박고 건더기 세던 시절
밥 한 숟가락
찬 한 점 더 얹어주시던
어머니 부뚜막 냄새는 배부름이었다
둥그런 상위에 하얀 가루 남실대던 팥죽 새알
제 빚은 게 더 동글다고 키득대면
문풍지도 소리 높여 덜컹대던 댓돌의 추억
딱 우리 가슴께 높이였으니
가슴 가슴으로 이어갔던 정도 그만큼 더 깊어갔으리라
누군가 버리고 간 밥상을 다시 본다
닳지 않은 귀퉁이며
광도 채 마르지 않은 상 위로
푸석푸석 먼지가 좀 슬어가고
저 상을 보면서 상상했을
다쳐버린 상처가

옻오른 살처럼 가렵고 쓰리다
정 대신 서러움 두고 간 자리
반짝
기억이 기억을 붙들었을 때
그 자리에는 아무것도 보이지 않았다

보릿고개

밤사이 싸라기눈 살금살금 다녀가셨나,
하얀 치맛자락에 숨어 앞산의 넝쿨들 빼꼼 고개 내미니
영락없이 쌀가루에 쑥을 듬뿍 버무린 쑥버무리라
능선 한 점 뚝 베어와 채반에 쪄서 주린 배 채워주고
장독 위에 소복이 쌓인 눈으로 흰쌀밥 짓고 싶은 어머니
그 퀭한 눈이 아침 해보다 더 붉게 차오르고
올 듯 말 듯 앞산 지천에 널린 쑥버무리 시루 꿈은
못내 어머니 가슴에 돌덩이 얹고 마른 김을 내보낸다
어쩌랴, 산이 오지 못하니 산을 품어야지―
말라비틀어진 산나물 탱탱 불려
늙은 호박 하나 쪼개서 솥단지에 불을 지핀다
묵은 때 벗기듯 거침없이 타는 솔가지 재 타령에
쑤석쑤석 부지깽이 장단이 한 고개를 넘어가고
소망을 버무려 제대로 맛이 든 움 구덩이 김치 가닥이
홍조로 물들인 어머니 낯꽃 위로 처연히 들어 올려질 때
의기양양 계교 부리던 시련이 돌부리 걸려 코가 납작
해지고
죄인인 양 여윈 달이 단지 위에 해쓱하게 앉아있다

겨울바람

어서 가라 등 떠미는 겨울바람
나무들도 춥다고
가지 끝에 거친 숨을 비벼댄다
해님은 어디로 갔나,
문 걸어 미동조차 없으니
1월 강풍 날름날름
후미진 구석까지 핥아댄다
맘먹은 바람몰이
제 집인 양 들락거려
솥단지 내쫓고 들어앉았으니
담장이 무너질까
개 짖는 소리 요란하다

사람과 사람 사이

그게 말이지
서운한 마음은 서운한 건데
이 또한 나 스스로 매듭을 엉키지 않게 풀어야 하는 게
어른이 해야 할 일이구나
가슴속에 뭔가 개운치 않은 물이 고여 있으면
그 물을 다 퍼내고
깨끗한 물이 다시 고이도록 하는 게 옳다 여겼는데
그 누구도 우물에 관심이 없으니
퍼내야 하는 것도 내 마음이요
고이게 하는 것도 내 마음이라
흐린 물을 버려두면 둘수록 계속 흐려질 것이요
그로 인해 상처는 더 깊어지고 피폐해지리니
내 손으로 그 물을 다시 갈아엎고
맑은 물이 솟아나게 해줘야 함이라

내 마음 우산

네가 내게로 왔을 때
난 너의 우산이 돼버렸지
널 젖지 않게 해주고 싶어서
너와 손잡고 싶어서
너랑 나란히 걷고 싶어서
널 바라보는 것만으로도 행복했지
비가 오지 않아도
네가 날 찾지 않아도
난 항상 내 맘을 접어둔 채로
널 기다리고 있어
구석진 자리 늘 머물고 있는
우산꽂이처럼

나에게 등단 시 〈민둥산은 살아있다〉란

민둥산을 보았다
모두가 우러러보는 웅대한 산이
볼품없이 벌거벗고 있는 모습을 보는 순간
산이 내게로 왔다
그리고 시가 되었다
내리내리 뼛속으로 핏물로
물 밀려왔다는 게 맞는 건지
나를 제 집으로 밀어 쑤셔넣은 게 맞는 건지
여전히 그 답은 찾을 수 없었지만
순간, 모든 게 멈췄다
아무 소리도 들려오지 않았다
난 산이 되었다
나도 배가 고파졌다
춥고 외로워졌다
마구, 마구 소리를 지르고
열이 오르락내리락
신열을 앓으면서도 좋아서 미쳐 날뛰었다
울었다 웃었다
영락없이 귀신 들린 듯했다
배냇물까지 다 마르고 나서야
말문이 트이고 그제야 열이 떨어지니
비로소 사람 구실을 하였다

4부

나는 잡초다

나는 잡초다

봐주는 이 없으니
더 푸르다
은혜 해주는 이 없으니
더 오래 남아있다
웃는 낯꽃으로 피었어도
여전히 밉상인
나는 잡초다

구박을 듣다 보니
눈칫밥이 늘어났다
무섭게 솎아내니
틈만 보여도 씨를 내렸다
뭇발길에 밟힐수록
버티는데 이골난
나는 잡초다

언제부턴가 이런 나에게
꽃들은 들어볼 수 없는 말이 들려온다
아름답다는 말보다 더 눈물 나는
위대하다 질기다 강하다
메마른 땅 길동무 되어
절망을 밟고 뿌리를 내리는
나는 잡초다

칡넝쿨

세상 전부라 하여도
칭칭 엉켜버린 마음으론
더 이상 기어오르지 말았어야 했다
그때 너를 놓았더라면
너는 온전히 살아갈 수 있었을까
창창했던 너는
봄이 와도 눈을 뜨지 않았다
숨 멎은 고목 옆에서
칙칙한 몰골로 아직도 숨을 헐떡대고 있는
이놈의 미친 집착
낫날에 베어지고 나서야 끝이 났다

누름돌과 장아찌

들뜨지 마라
한데 섞여라
꾸욱 눌러 누름돌 얹히니
들썩대던 기세가
이내 수굿해진다
갓 숨아 물씬 풍기던 싱그러움도
누름돌 아래서 짠지가 되고
차차로 숨이 죽는 이파리
그대로 향기는 품고 진다
새삼
이렇게 깻잎장아찌를 담고 보니
영락없이 사람 마음 같다
숨을 죽이고 한소끔 쉬어가니
화가 수그러들고
나대던 성질도
곰삭은 정으로 가라앉아
맛깔스럽게 익어간다
진정을 다해 지켜주는 누름돌
본연의 향은 잃지 않는 장아찌
맛있는 삶의 지혜를 덤으로 배워간다

저수지의 봄날

후드득 들이치는 빗방울
몸을 둥글게 말아
오뚝 연잎에 맺혔다
밀어내도 다시 굴러와
탱탱 불은 볼을 비비며
자꾸 연잎을 간질거린다
무슨 말이 하고 싶은 걸까
동장군 이겨내느라 휘어진 연의 허리
깨금발 짚고서 비이슬과 눈을 맞춘다
"봄날이 오고 있어
힘들어도 주저앉지 마"
물 위를 떠도는 개구리밥
귀가 쫑긋 서고
땅속줄기 발길질에 군락이 출렁댄다
오도독 아침을 쪼갠 햇살이
꽃대 위에 상투를 튼다

꺾인 나무

허리가 푹 꺾였다
강풍이더냐
네 마음이더냐

나무는 말이 없다
강풍에 꺾인 건지
마음을 접은 건지

숲은 고요한데
홀로 소란스럽고
번잡하다

저 정도 아픔을 견뎌야
새잎도 내어놓을 수 있으려나
뒤틀린 허리가 뻐근하다

곰탕집에는 곰이 없다

뚝배기 간 눈물로 배고
팔팔 끓는 곰거리같이 익어가는 피
군중은 아우성으로 밀려오고
십수 년 방석의 화두는 묵언 수행

짐짓 양반인 체 수염발 하얗게 펄럭거릴 때마다
상놈처럼 발바닥엔 불이 나고
가마 타고 시집가는 뚝배기 호령에
등골의 질척한 땀 알통이 불끈 솟는다

고기 먹어 몸을 보호하는 사람들 속에
육수 되어 우려내는 끈적한 삶의 액
출렁,
뜨거운 국물 손등 물어가도
왈칵 눈물을 쏟진 않는다

여러 겹 포개지는 빈 그릇 소리
삶은 저리도 소란스러운 것을
버리고 덜어낸들 여전한 무게의 질곡
휘청 발목 저려도 걸어가야 한다는 것을

곰탕집 앞뒷문 칭추 막대기 오늘도 멈출 줄 모른다

*그 어느 해 곰탕집에서 12시간 동안 일을 하고 있을 때

엄마 생각

봄이 왔다
엄마도 오셨다
땅은 봄비가 좋아서 자꾸 웃고
봄비는 엄마를 찾느라 자꾸 내렸다
다음에 다시 맬 거라 땅속에 꽂아 둔 호미는
종으로 뼈를 묻었는지
철문에 녹이 슬도록
그 자리를 떠나질 못하고 있다
버석거리는 땅도
호미도
엄마 따라 떠났구나

좋은 생각

좋은 생각만 자라라고
내 마음에
검은 비닐을 두르고 싶다.
구멍 뚫린 멀칭* 밖으로
흙을 밀고 발아하는 싹을 보니
품새도 제각각
마음이 밭을 일구더라
좋은 생각이
좋은 나를 키우도록
내 마음에도
두둑하게 비닐을 씌운다

*멀칭: 농작물을 재배할 때, 흙이 마르는 것과 병충해, 잡초 따위를 막기 위해서 볏짚, 보릿짚, 비닐 등으로 땅의 표면을 덮어주는 일.

졸작 안부

동네 의류 수거함에 내다 버린 헌옷
언제부터인지 다시 그 옷들이 사뿐사뿐 돌아다닌다
짤막한 밑단에 덧댄 흔적이 눈에 익고
단추 하나가 사라진 코트는 여전히 단추가 없는 채로
빛바랜 얼룩을 기억으로 문대고 있다
낯익은 옷들을 보면서
다시 살아나는 내다 버린 옷을 보면서
문득,
내보낸 졸작의 근황이 궁금하다
저 헌 옷처럼 누군가에게 한 번쯤은 입혀지고 있는지
길고양이 밤이슬이라도 걷어주고 있을는지
이리저리 팔려 다니는 헌옷의 너덜해진 솔기 사이로
애써 외면한 졸작 안부가 섬뜩하다

감정 쓰레기통

막 던진 쓰레기가 들어왔다
첩첩하게 사열하는 칼집의 언어들이
쐐기풀에 쏘인 것처럼 후드득
기어이 마음을 훑고 지나간다.
분하다는 듯 퍼붓는 난도질에
짓이겨진 피가 엉겨있다
자극하였을 때 더 광기어린 자극

쓰레기통이 꽉 찼다
내 것이 아닌 분풀이 내보내야 한다
담아둘수록 소란스럽고 악취만 풍기는 쓰레기
버린 사람은 자책도 없이 살아가는데
툭툭 던진 쓰레기들을 비우지 못하고 있는 건
내 소심함이 아닌지 돌아볼 일이다
비워내지 않으면 통 안의 모든 쓰레기는 상처다

부럼깨기

딱딱 딱따구리
은둔을 깨고
겨울밤이
일렁거린다
나무들은 잔기침을 해대며
서로 비비적거리고
갈 길 바쁜 노루
발마저 시린지
등이 껑충 솟구쳐 오른다
살얼음 기지개 켜는 소리
잎들은 두런두런
꿈틀대는 소식들 나르느라
부스럭거리는 겨울 산-
사각사각 눈밭을 긁어주니
번뜩이는 시심이
해묵은 고목 깨지듯
딱딱, 말문이 열린다

시(詩)집가던 날

단상에 서보니 비로소 알겠다
이 삶의 주인이 나이고
다가와 손 잡아줄 수는 있어도
지켜내는 건 오롯이 혼자라는 것을
눈 맞춰주는 밝은 웃음은
내가 대신 막아낼 그늘이고
모호한 어둠은
내가 짊어져야 할 빚 같은 빛이라는 걸
단상에 서보니 이제야 알겠다
이 벅찬 떨림에 오소소 땀이 솟고
따뜻한 물결들은
시심을 깊이 음미하라는
너른 품이라는 것을
이 땅에 피어나는 시어들을 위해
더 많이 울어주고 웃어주라는
대리 수상 자리라는 걸
단상에 서보니 알겠다

마음 다스리기

수심을 두고 가라
별이 밝고
초심을 잃지 말라
달빛이 곱다
붉은 해는
제 몸이 뜨거워도
더 달아오르지 못해 안달인데
스산함조차
녹여내지 못하면서
헛됨만 물고 있다
무심-하라
바람이 울어주고
이리저리 힘을 다해
달래주는 물소리
멱 감은 듯 심신이 해맑다

고뇌

가시밭길을 헤적일 때는
시의 종자도 상처투성이더니
삶이 나긋하니
시(詩)도 살이 붙어 날지를 못한다
휘는 가지를 보면
도드라진 속살이 먼저 밟히고
바람 소리는 늘 뼈를 때리는 채찍이었다
작금에 이르러
휘어진 채로 하늘을 안고
바람이 불면 그 장단에
하얗게 속을 비우는 시의 종자,
억지로 쥐어짠들 나오리까
갈급하다 하여 앞서올까
이 몸 다스리는 게 마음이오
이 마음 물들여 건네는 인사가 "말"이라
그 무수한 말이 허물을 벗어 시(詩)가 될지니
오물오물 간지러운 시의 옹알이도
젖니가 돋고 와락, 말문이 트이리라

말 많은 시인

누군가
왜 시를 쓰느냐고 물으면
딱히 답이 없다
밥을 먹다 돌이 씹히면
어찌하겠는가
혀를 살살 돌려서 뱉든가
모르고 씹었다면 이가 부서지든가
그마저도 아니고 삼켰다면
담이 되든가 내보내든가

나에게 글이란 씹힌 돌이다
혹자는 돌처럼 거치적거리는 게
詩냐고 묻는다
거치적은 마음의 소리다
돌은 종자요
부서지는 것은 詩라
보내는 건 마음이다
돌밥을 매양 먹을 수는 없지만
죽기 전까지 돌이 씹혔으면 한다

나는 참 말이 많은 사람이다
열 줄만 쓰자 했는데
또 길어졌다

담벼락

흉물스런 담벼락이라 비껴가지 마라
세월 속에 풍화되며
거친 세파에 시달리면서도
무수한 절망을 디뎌낸 존재이다
금이 가고 패인 상처들로
굳어버린 화석 같기도
벼락이 내리친 하늘같기도 하지만
오래오래 우려내는 시래기같이
내상을 치유하고
출렁이는 언어를 세우는
명맥의 벽이다
추한 담벼락이라 비켜서지 마라
박제된 시간이 더해지는 곳
이만한 겸허함도 없다

연근을 캐는 사람

꼿꼿한 군자의 자세로
솟아오르는 너는
우리의 밥줄을 이어주는
밝은 희망이다

열 달 내리
진흙물에서 연근을 캐는 사람들,
쪼개진 얼음 강에 발이 잠기면
뼛속까지 치대는 한기에
손발톱 짓이겨져 피멍이 들고
펄들이 감겨와 비틀거려도
눈물은 꿈이 되어
금을 딴다네

질척한 진흙에서 커져가는
인연의 뿌리
꿈들도 탱탱 불어
팔뚝만 한 보배가 주렁주렁 끌려 나온다

품 안의 사랑

엉뚱한 곳으로 나가지 않게
대를 세워 그물망으로 유인해 주니
쑥쑥 오이가 잘도 따라 올라간다
비밀을 간직한 양
가시 돋친 열매 톡 불거져
오이꽃을 피우고
세상 상큼하게 으쓱대니
마음도 청춘인 줄,
아삭아삭 덜 자란 초록에 젖다 보니
때 놓친 늙은 오이
낯빛이 노래졌다
그렇구나, 이리 보니 사는 게 오이 같다
품 안의 자식은
울타리 밖으로 기어나가는 오이처럼
더 큰 세상이 보고 싶고
여전히 둘레 안에서 살아가는 부모는
달큼한 노각이 되어 간다는 것을

오늘 아침엔 짭짤한 장아찌로 입맛을 돋워야겠다.

시집(詩集)

상상력이 모여 사는 집-
사시사철 물드는 희로애락
저마다 사연을 들려주고
발아래 밟히는 꿈들이
밤새도록 얘기를 하지
마음을 뜨개질하는 집-
오는 이 없어도 사랑이 있고
가는 이 없어도 사람이 있으니
고된 세상살이
따뜻한 약이 되어주지
시(詩)들이 모여 사는 시집-
아이들 동요로 놀고 싶고
꽃다운 청춘의 편지였다
늘그막 길이 되고 싶은
추억 이야기지

골절

다리가 불편하니
마음도 계속 한쪽으로 기우뚱 기우뚱
하루에도
수십 수백
수천의 열두 고개를 넘나든다
일상이 멈춰버린 골절
두 다리로 멀쩡히 걸을 수 있었다는 게
삶의 반절이었구나

독의 꽃
-흰 독말풀

악마라 불려도 전혀 기가 눌리지 않는다
하늘을 향해 허릴 곧추 펴고
도도하게 서 있는 순백의 미-

섬뜩한 가시돌기로 곁을 물리고
촘촘히 박아놓은 씨들을 타작하며
씨방에서 홀로 갈라지고 늙어간다

건네는 마음이야 어여쁜 꽃이고 싶었으리라
달빛을 머금고 하얗게 쏟아놓은 꽃잎이
저토록 도드라져 고개조차 가눌 수 없을 지경이니

흉측한 열매의 모습으로 악마의 나팔로
일부러 멀리했던 마음도 갸륵한 속임수였을까
숙명처럼 살아온 독소의 굴레를 견뎌내고
흰 독말풀, 명약의 이름값으로 되살아난다

물처럼

바위틈에 바짝 조아린 물방울이
힘에 못 이겨 뚝- 떨어져 내린다
사는 것도 어쩌면
방울이 딱 떨어질 만큼의 무게일 거야
더 큰 물살이 밀려와
다 쓸려나가도
다시 방울을 만들어
또 하나의 삶을 이어가는 것처럼
하루, 하루 한 달을 만들어
도랑으로
하늘로
더 넓은 바다로
세월을 흘려보내겠지
수초에 맨살을 비벼대며
땟물도 헹궈내고
파인 곳은 두루두루 채워주면서
그러면서
목마름도 견뎌내겠지
사는 것도 맑아지겠지

소소한 기쁨

안경을 벗고 나무를 본다
가시도 안보이고
벌도 보이지 않아
향기만 있을 뿐이지
잎들을 흔드는 건
나무가 아니었어
바람이거나
혹은 가벼움이지
가끔씩
생각에 걸쳐진 안경을
잠시 내려놓으면 어떨까-
연잎에 맺힌 이슬
또르르 비워낼 때
뿌리가 살듯,
생각이 무거우면
가지는 부러지지
비우고 내려놓는다는 건
생각의 안경을
잠시 내려놓는 일처럼
세상을 밝게 보기 위함이지
안경을 다시 쓴다
나무가 참 맑다

외사랑

뜻 없이 건넨 말 한마디에
눈짓 하나에
마음이 왜 이리저리 휩쓸리는 것일까
나조차도
머릿속에서
혀끝에서
도는 말들을
끝내 헤아릴 수 없는데
어찌 그 눈을 내 눈에 맞춰버렸을까
모르는 척
슬쩍 발을 담그기만 해도
그만일 일,
분연히 일어서는 향기에 이끌리어
가슴 깊숙이 탱자나무를 심었다
꽃잎이 가시에 찔리고
심장에 그대로 콕 박혀버려서
숨 쉴 때마다
삿대질 해대는 가시에
핏물이 드는 줄도 모른 채
탱자는
귤이 되는 꿈을 꿨다

가시 겨드랑이 끝에서 간신히 피어나도
그래도 괜찮다고 하얗게 웃는 탱자 꽃잎처럼

눈을 밟다 마음이 밟히다

아무도 밟지 않은 길
아무나 밟고 다녀 윤이 나는 길
기를 쓰고 잡아끄는 물귀신처럼
뽀드득 발걸음 소리가 날 때마다
생각도 끈질기게 뽀득거린다

지나가, 비껴가, 묻고 가, 털고 가
밤새 열불 난 속앓이
허투루 마음을 지을까
열꽃을 뚝- 떨어치는
흰 눈이 다녀갔다

질척대는 길은
다른 이들도 앓는 속이니 그러려니 지나라
휘몰아치는 감정의 맞바람은 비껴가는 게 맞다
소소한 일일랑 눈밭에 묻어두면 녹을지니
서운함 같은 건 쌓이기 전에 털어내라

아직도 성장통을 겪는 관절에게
폭설은
차분차분 걸음마를 일러준다
빙판길 덕분에 마음이 살펴 가니
물귀신 심사도 제풀에 녹아내린다

시 낭송

작정하고 쏟아내니
그대로 빛살에 꽂혀 감전될 수밖에-
소리인가 불꽃인가
언어 마디마디에서 배어 나오는 슬픔을
고스란히 품어주고 핥아내어 다독여주니
도리어 나의 마음이 그대 어깨를 감싸고야 말도다
저토록 측은하거늘
기쁨은 어이 이다지도 구김살 없이 해맑은 아이 같을꼬
찬란한 그 미소에 흥이 절로 솟아
세상 시름 다 잊고 첨벙첨벙 노닐고 있구나
아, 사람들 숨결 속으로 녹아내리는 그대의 마음이
오선지인가, 나의 고뇌가 그대의 음보인가
시인의 넋을 실어 온 듯 소리로 향기를 건네니
꽃들도 앞다퉈 피어나고 요요히 바람님 내려 앉-는-다

열일

소망한다는 건
시간의 해답을 기다리는 일이다
지는 모습도
아름답기를 바라는 건
욕심이다
피어있는 것만으로
잠시 머물러줬던 것만으로도
고마운 선물이다
가지 꼭대기마다
서리에 눌린 털을 밀고
하나씩 꽃피운 자서전
참 잘 살았다

시인의 운명을 인식한 밥 짓기, 몰입시학

손희락

(시인·문학평론가)

1. 세상 현실을 자각한 소명의식

21세기 인간은 물질적 부요와 쾌락을 즐기지만, 영적 허기에 시달리며 고통을 호소한다. 자아성찰에 집중하기보단 돈의 지배를 받은 결과다. 물질의 포로가 되면 삶은 비참해진다. 내적 궁핍을 견디지 못해 생을 포기하기도 한다. 전숙영은 순백의 영혼을 사랑하여 소명의식에 불타오른다. 과거 질병으로 죽음의 문턱에 이른 체험도 있어, 고귀한 생명에 관심을 갖는다. 생명연장을 덤으로 인식하여 시 짓기에 몰입한다. 시의 언어를 통한 인간의 구원을 확신했기 때문이다. 등단 이후, 17년 차에 이른 시 의식을 추적해 보자.

봐주는 이 없으니
더 푸르다
은혜 해주는 이 없으니
더 오래 남아있다
웃는 낮꽃으로 피었어도
여전히 밉상인

나는 잡초다

구박을 듣다 보니
눈칫밥이 늘어났다
무섭게 솎아내니
틈만 보여도 씨를 내렸다
뭇발길에 밟힐수록
버티는데 이골난
나는 잡초다

언제부턴가 이런 나에게
꽃들은 들어볼 수 없는 말이 들려온다
아름답다는 말보다 더 눈물 나는
위대하다 질기다 강하다
메마른 땅 길동무 되어
절망을 밟고 뿌리를 내리는
나는 잡초다

– 「나는 잡초다」전문

　자신을 "잡초"라고 소개한다. 현실 속에서 수없이 짓밟
혔지만, 생의 뿌리를 더 깊은 곳으로 내린 강인한 존재라
는 뜻이다. 잡초는 질긴 생명력으로 형태를 유지한다. 시
인은 잡초 같은 심정으로 인간에게 다가선다. 시인과 독
자의 시적 거리는 독백으로 좁혀진다. 2연에서 "뭇 발길에

밟힐수록 / 버티는데 이골난 나는 잡초다." 선언한다. 그
의 고백 속엔 과거 절망적 삶이 총체적으로 응축되었다.
때론 서러워서, 비통해서, 통곡했던 존재가 전숙영이다. 이
시는 독자와의 시적 거리를 좁히면서 동병상련(同病相憐)
의 통로를 확보한다. 현실에서 짓밟힘을 당하지 않고서는
잡초의 심정을 체감할 수 없다. 시인은 생의 의미를 직시
하면서 자의식을 정립한다. 초라한 잡초가 꽃이 되는 몽
상, 처절한 몸부림 속의 화려한 영광을 꿈꾼다. 현재보다
미래가 찬란한 시 공간으로의 초대, 전숙영의 시적 특성이
다.

허리가 푹 꺾였다
강풍이더냐
네 마음이더냐

나무는 말이 없다
강풍에 꺾인 건지
마음을 접은 건지

숲은 고요한데
홀로 소란스럽고
번잡하다

저 정도 아픔을 견뎌야
새잎도 내어놓을 수 있으려나
뒤틀린 허리가 뻐근하다

–「꺾인 나무」 전문

〈잡초〉와 〈꺾인 나무〉는 의미면에서 동일하다. 삶에 대한 고통을 감내하는 의식은 특이하다. 짓밟히고 상처 입은 존재와 사물에 대한 관심이 깊다. 태풍이 지나간 숲속, 비참한 나무의 몰골은 과거 자신의 모습과 동일하다. 이 시의 핵심은 2연에 있다. "나무는 말이 없다."는 그 지점이다. 허리가 꺾인 상태에서 "새잎"을 내어놓는 것이 삶과 시간의 본질이라는 직관이다. 고단한 인간을 향한 위로는 "뒤틀린 허리가 뻐근하다."로 마무리 짓는다. 숲에서 목도한 꺾인 나무는 인간으로 의인화된다. 현재의 자기 모습이며, 모든 인간의 형상이다. 이 시에서 "새잎"이란 표현에 주목해 보자. 절망적 상황에서 파룻파룻한 미래가 다가온다는 메시지다. 초록빛 새잎을 위해서 뻐근한 허리로 시를 쓴다. 고통과 아픔을 견딜 수 있도록 깨우치는 언어가 독자를 향한 시적 선물이다.

2. 생의 의미 함축 –위험한 연애

꽃 모가지 자른 적 없이
그 자리에 꽃잎 열 평
가시에 햇빛을 털어낼 때마다
너는 나의 꼬리를 받쳐주었고

가시덤불 속에 다다른 네 하늘만큼
내 날갯죽지도 간절하고 애가 타지
매 발톱에 눈 하나 깜짝하지 않을 만큼
너의 울타리는 날카롭고
일 년 열두 달 푸른 탱자 가시같이
내 그리움도 촉수를 쳐드는데
비스듬히 기대 놓은 고백은
언제쯤 네 가시 안에 찔릴까

　　　－「위험한 연애」 전문

　　표제시 『위험한 연애』이다. 독자의 상상을 자극하는 특
이한 제목이다. 이 시에는 탱자나무 가시 속을 파고드는
새가 등장한다. 이 새는 모든 인간의 상징물이다. 탱자나
무의 접근은 가시덤불 때문에 차단된다. 뾰족한 가시에
수없이 찔러야만 안착이 가능하다. 시인은 예리한 통찰력
으로 관찰한다. 『위험한 연애』는 사랑이 주제이기보단 삶
의 본질에 대한 직관이다. 생의 날갯짓은 위험하다. 가시
에 찔린 상처 때문에 비명을 지른다. 인간의 욕망은 가시
(현실)때문에 좌절되지만, 상처 입은 비행을 즐겨야 한다
는 시적 메시지는 현실적 깨우침을 던져 준다. 새의 접근
을 차단하는 "탱자나무 가시"는 사람, 돈, 학연, 인맥 등
으로 끝없이 변주된다. 시의 핵심은 '존재의 날갯짓'에 있
다. 가시 속을 파고들어야 하는 삶, 그 자체가 모순이라
는 의미이다. 화자는 이 시로 독자에게 말을 건다. 인간의

탐욕지점을 정확하게 묘사한다. 사랑이란 가시의 위험을
의식하면도 끝없이 파고드는 본능적 욕구이다. 상처 입은
날갯짓은 존재의 생명력이다. "위험"이란 단어로 경계하지
만, 가시가 두려워서 날개를 접는 새는 존재하지 않는다.
인간의 삶도 동일하다. 가시를 품는 위험한 연애이다.

 부대끼는 삶도 인연이라는 듯
 내 등에 철썩 붙어있는 담쟁이
 흉물스런 몸뚱이에
 사뿐
 뿌리를 내려줬다
 까칠한 네 잎이 닿는 그 어디든
 내가 너의 혀가 되어줄게
 네 몸의 뿌리로 내가 기대 살고
 이 몸을 칭칭 감겨 와도
 네가 보고 싶어 하는 세상에
 나는 길이 되어줄게
 세상사 너에게 눈멀어도
 마냥 나는 좋다
 담 너머 가득 꽃물이 들도록
 너의 빨판에 먹혀들어 가
 나도 꿈을 꾸는
 너의 숲이 되어줄게

 -「담쟁이넝쿨 담」전문

넝쿨 담 앞에 서 있는 시적 정황이다. 현상을 관찰하던 시인은 담쟁이와 대화를 한다. 자신의 등에 착 달라붙었다는 시적 상상을 거친 후에 이 시는 쓰여진다. 누군가의 생을 칭칭 감은 담쟁이의 욕망은 인간의 삶과 유사하다. 전숙영도 한 때는 햇빛에 마르는 담쟁이였다. 든든한 담을 찾아서 헤매거나 몸부림쳤다. 이 시의 감동적인 부분은 5행 이하이다. "내가 너의 길과 숲이 되어 줄게."하는 상호교감 장면이다. 든든한 담이 없는 존재는 위험하다. 인간을 향한 소명의식은 이 시에서 표출된다. 그는 햇빛에 마르고, 바람에 흔들리는 인간의 든든한 담이 되어주고 싶은 것이다. "나도 꿈을 꾸는 / 너의 숲이 되어줄게." 마무리 짓는다. 나의 모든 것을 아낌없이 주겠다는 희생적 사랑이다. 전숙영 시학의 중심은 '사랑'이다. 길을 잃고 방황하는 존재를 위한 상생의 언어이다. 자신이 내어놓을 것은 진리적 언어뿐이라는 구도자적 소명감에 불타고 있다.

3. 밥 짓기 몰입시학

전숙영의 인생 궤적은 순탄치 않았던 것 같다. 생의 매듭 사이엔 시뻘건 고통이 눌어붙었다. 침묵으로 견딘 세월은 눈물로 농축되었지만 이제는 입을 열어 고백한다. 생에 관한 담론적 사유를 시적 언어로 표출한다. 그의 시학은 각 현상에 대한 본질직관이다. 눈앞에 드러난 현상의 이면과 곡면을 탐색하여 진리적 메시지를 채굴한다.

이런 과정들을 그는 맛깔스런 밥 짓기라고 인식한다.

　누구나 기다려지는
　햅쌀 같은 시
　양 볼이 미어지고
　실팍하게 살이 차는 밥
　밥이 꽃을 피우는
　시
　밥을 짓고 싶다

　삶의 이야기 오물조물 무쳐서
　봄여름 찬으로 내어놓고
　가을겨울 국으로 설설 끓여내
　꽃 밥잔치 둘러앉아
　숟가락도 놓기 싫어
　살찔까 걱정하는 시
　밥이 먹고 싶다

오늘도
논에서 놀고 싶은
시의 종자들을 솎아
여러 번 헹궈내어
몽긋몽긋 뜸 들이며
사람 냄새 모락모락 나는
시 밥을 짓는다

　전숙영은 시의 종자들이 "논"에서 놀고 있다 진술한다. 가을 추수 현장을 묘사하고 있지만, 시적 가상공간이다. 그가 말하는 논은 '심연의 세계'를 뜻한다. 사유공간에서 "시의 종자들을 솎아 / 여러 번 헹궈내어 / 몽긋몽긋 뜸 들인다." 독백한다. 시의 이미지에서 나열된 것은 성찬을 준비하는 밥 짓는 과정이다. 이 밥은 영혼을 살찌우는 "시밥"이다. 현재적 인간의 삶은 본질에서 이탈한 상태이다. 영적 허기에 시달리면 정관(靜觀) 능력을 상실한다. 기형적 의식에서 광란적 행동이 표출된다. 시인 전숙영이 말하는 "사람 냄새 진동하는 밥"이란 자의식을 통제하는 치유력이다. 인간의 본성, 본질 회복을 뜻한다. 일반 시인들과의 차이점은 온전한 몰입에 있다. 그는 대충, 혹은 건성으로 시를 쓰지 않는다. 시가 구원의 언어임을 확신하고 있다.

　창작은
　늘 고통 속에서 나오나니
　기쁠 때는
　이 기쁨을 더 극대화하는 표현으로
　슬플 때는
　눈물이 철철 떨어져 나가는 양
　사지로 언어로
　다 끌어내야 하리라
　하여
　그대로 그 마음을 담아와

혼탁한 핏줄을 갈아엎고
그보다 더 절실하고
절박한 감정이
손가락 끝까지 배어
쓰지 않고는
배길 수 없을 지경에 이르러야 하리라

–「창작의 카타르시스」전문

시 밥 짓기와 창작 행위는 동일과정이다. 전연 16행으로 짜인 이 시에서 몰입의식을 확인하게 된다. 11행에서 "혼탁한 핏줄을 갈아엎고" 시를 쓴다는 진술이다. 혼탁한 의식의 정화는 존재적 성찰에 있다. 화자는 시 짓기에서 오염되지 않는 정신세계를 구현하려 몸부림친다. "절박한 감정이 / 손가락 끝까지 배여 / 쓰지 않고는 배길 수 없는 지경."은 어떤 상태일까 자못 궁금하다. 전숙영의 언어는 풀어짐 속에서 언어 절제가 이루어지고, 압축 속에서 적절히 풀어진다. 언어의 연금술사다운 시적 균형을 유지한다. 이 시의 제목은 〈창작의 카타르시스〉이다. 시 밥 짓기의 몰입은 카타르시스(catharsis)에 젖고 싶은 황홀한 욕구 때문이다. 시인은 창작과정에서 카타르시스를 체험한다. 시의 독자는 이 시를 읽으며 황홀감에 젖어 있는 시인의 모습과 대면하게 된다. 시인다운 시인이란 어떤 사람일까? 시를 한 편 써 놓고, 자신부터 행복에 젖는 존재가 아닐까 싶다. 전숙영의 심적 상태는 언어적 쾌락과 희열에 젖어 있다. 다작을 즐기는 이유이기도 하다.

누가 날 여기로 데려왔나
본능이다
숲을 누비고 먼 하늘 돌아
이 가슴에 박히기까지
네 삶은 얼마나 고단했으랴
이제 널 쉬게 하리니
육중한 몸을 풀어
순금의 언어로 가벼워지라

–「시어」전문

시의 언어와 대화, 교감하는 정황이다. 전숙영 시의 특징은 대화 형식의 이미지 형상화이다. 존재와 사물의 입을 열어 대화하는 시적 스타일이 고착화되었다. 시인마다 말하는 방법에 차이가 있지만, 독자적인 시세계를 구축하기란 쉽지 않다. 이 시는 "누가 날 여기로 데려왔나." 독백한다. 시어는 시의 핵심이다. 시어 취택에 성공하면 명시가 되고, 시어 취택에 실패하면 죽은 시가 된다. 독자의 영적 허기를 채워주는 밥맛은 영양가 높은 시어가 결정짓는다. 시인은 2행에서 "본능"이라고 화답한다. '본능 = 운명'이란 뜻과 일맥상통한다. 시를 쓸 때, 본능적으로 언어가 표출된다는 진술은 그의 삶과 연결되어 있다. 시어 구사의 원천은 문학 지식이 아닌 체험에 있다. 자아 체험을 시적 정

황에 대입시키면 반짝이는 시어가 표출된다. 전숙영은 시
밥 짓는 재료 걱정은 없다. 그 가슴 속엔 시 밥 짓는 냄새
가 진동한다. 새까맣게 태우지도 않고, 생쌀처럼 설익지도
않은 맛깔스런 밥이다. 밥값은 공짜이다. 밥을 먹고 기운
얻어 돌아가는 독자를 행해 감사의 눈물을 흘린다.

4. 외길을 향한 생의 사투

유월 볕에 지렁이는 선잠을 깼다
살갑게 비추는 빛무리, 영락없이 제 몸뚱이 같기에
마치 저들의 나라가 땅 위에 군림하는 것처럼
짐짓 지렁이는 군주의 미행 길을 서두르고 싶었다

-너의 우매함이 지상의 경을 치노라-
아무리 몸을 뒤틀어도 흔들리지 않음은
이미 승리를 예감한 개미의 표독스런 여유였다
어떻게 밟힐 때가 가장 처절한 것인지 개미는 터득
했으리라

내리치는 꼬리 요동하는 머리 따윈 관심 밖이다
오로지 지렁이 등 한가운데 팥고물처럼 달라붙어 있다
곡예를 하는 건 지렁이도 개미도 아닌
생(生)이었다

개미들 잔치 스스로 꽃상여 되어

문드러진 속살 맨땅 파도치기에 목숨 건 지렁이
개미떼 곡성에 맞춰
제 땅 위에서 서서히 타들어가고 있다

땅 위의 것은 땅 아래의 것을 시샘할지라도
땅 아래는 땅 위의 것에 눈 감고 살아야 하는 것을
땅 위의 것 아무리 위대하여도
땅 아래의 눈물 없이는 꽃이 되지 못하는 것을

내 몸의 색깔이 붉은 건 태양을 사모함이오
내 몸이 동체인 것은 흙 속에 있음이라
내 몸이 바닥에 있음은 땅속이 내가 살 곳이오
내 몸에 털이 없음은 세상에 미련을 두지 맒이라

　– 「지렁이의 사투(死鬪)」 전문

　개미와 지렁이로 대별된 이 시는 생에 대한 자의식이 표
출되었다. 3연에서 "곡예를 하는 건 지렁이도, 개미도 아닌
/ 생이었다."는 직관은 흥미롭다. 이 시는 유월의 땡볕에서
몸부림치는 지렁이 관찰로 쓰여졌다. 애처로운 몸짓으로
기어가는 '사투의 현장'에서 지렁이가 곧 자신임을 의식한
다. 처절한 몸짓을 비웃는 듯, 조롱하는 개미들의 웃음소리
도 행간에서 표출된다. 성공과 실패, 부와 빈곤의 대별이다.
시인은 현실공간에서 절망하지 않고, 자의식을 승화시킨다.
삶의 극한을 넘어선 인생관을 형성한다. "내 몸이 바닥에

있음은 땅 속이 내가 살 곳이오." 담담하게 외친다. 땅 속은 절망적 공간이다. 지렁이를 통한 '삶 = 고통'이란 등식이 시공간에서 성립된다. 전숙영은 시의 독자를 위로한다. "내 몸에 털이 없음은 세상에 미련을 두지 않음이라."는 마지막 한 줄을 음미해보면 이 시는 생의 잠언이 된다. "매끈하여 털이 없다"는 의미는 무엇인가? 벌거벗고 비천한 삶이라는 뜻이다. 시의 독자는 결론에서 눈이 번쩍 뜨일 것 같다. 이 시는 절망과 우매에서 탈피하는 기회를 제공한다. 생과 시 짓기는 사투의 길이다. 지렁이처럼 운명을 수용하는 처절한 몸짓, 진정한 자기를 찾아가는 유일한 방편이다.

간혹
왜 시를 쓰느냐고 물어오면
눈에 보이는 저 산새
그 밑으로 흐르는 감정들이
소곤소곤 제 소릴 들려주니
그냥 받아 적는 것뿐이라 한다
시는 그들의 이야기다
눈 녹은 산이 그대로 청산이듯
이 많은 사물을
다정한 벗으로 삼으니
부족했던 삶이 빛이 나고
사람 힘을 더하지 않은 종자들이
도리어 손을 내밀고 정을 준다
그 속으로 들어간다
마음으로 악수한다

맞잡지 않으면 함께 울어줄 수가 없다
그 어루만짐이 詩다

–「어루만짐」 전문

　이 시에 표출된 시적 특징은 조화로운 공존이다. '내 시
는 새들이 들려주는 목소리를 받아 적은 것뿐'이라는 진
술은 특이하다. 사물 속으로 들어가서 어루만지며 교감
하면 시가 된다는 인식은 시적 기교보단 시적 진실이 더
중요하다는 의미이다. 전숙영은 왜 시를 쓰는가? 이유는
간단하다. "어루만짐"을 위해서 시를 쓴다는 독백이 독자
에게 전이 된다. "맞잡지 않으면 함께 울어줄 수가 없다."
는 표현은 잔잔한 감동을 유발한다. 시가 가닿는 지점
은 경계가 없다. 빈부귀천 차별도 없다. 언어와 감성, 감
성과 의식의 교감만이 존재한다. 고로 고백의 예술인 시
는 구원의 언어가 된다. 인간이 갖는 본질적 의문에 대하
여 직관적 해답을 제시하기 때문이다. 어루만짐이 필요한
존재들은 소외된 이웃과 절망에 짓눌린 다수의 영혼들이
다. 전숙영의 시세계는 무한한 공간을 확보한 듯 보이지
만, 착시일 수도 있다. 어루만짐이란 언어적 손길을 통해
서 영원을 사유케 할 수 있을지는 의문이다. "어루만짐이
시"라는 단정은 인간을 중시한 깨우침이다. 한 영혼이 천
하보다 귀하다는 그의 시학적 가치를 물질로 환산할 수
없음은 명확하다. 귀를 닫고 외면하는 존재에게 말을 거
는 시적 열정이 짝사랑으로 끝나지 않기를 기대해 본다.

5. 결론

　문단 데뷔 17년 만에 두 번째 시집을 상재하는 전숙영의 생은 절망과 고통이란 터널을 절반 이상 통과한 것 같다. 초기 시가 삶의 아픔을 노래하며 독자를 위로했다면, 중기 시는 인간의 운명, 생의 본질에 관한 메시지를 안착하여 초월적인 세계를 지향하도록 깨우친다. 혹독한 현실을 감싸 안으며, 시를 사랑했기에, 그의 목소리는 심적 평안과 행복한 웃음을 선물한다. 시적 결론은 읽기만 해도 힘이 생기고 행복에 젖는다.

　섧게 살아도 봄은 오더라
　옆구리 쥐어박는 근심일랑
　가을 찬거리로 해뜨리고
　단풍 물든 인생길
　노란 산국 한 옴큼 따다
　베갯속에 꽝 박으니
　귀 밝은 사랑이
　맞춤 맞게 익어가더라

－「익어가더라」 전문

　시인은 독자에게 과거적 삶을 회상하면서 "섧게 살아도

봄은 오더라." 희망의 촛불을 켠다. "옆구리 쥐어박는 근심" 버리면 된다고 깨우친다. 생이 익어가는 과정에서 감당해야 할 즐거운 고통이란 뜻이다. 들판에 익어가는 곡식도 결실을 맺기까지, 비, 바람, 햇빛 속 고통을 피할 수 없듯, 존재를 성찰하면 넉넉히 견딜 수 있다는 체험적 메시지를 전달한다. "귀 밝은 사랑이 / 맞춤 있게 익어가더라."는 의미는 현재적 삶에 대한 공개적 표출이다. 인간을 향한 사랑, 시를 향한 사랑, 두 가지를 다 얻은 행복한 존재가 되었다는 의미이다. 전숙영은 시인의 소명, 시인의 위의를 자각하여 존재론적 성찰에 이른 것 같다. 행간에 안착한 시어들은 타인이 모방할 수 없을 만큼 독특하다. 그가 짓는 시 밥은 윤기 흘러 구수하다. 『위험한 연애』를 즐길 수 있는 에너지, 근육과 골격을 형성하도록 시적 영양분을 넉넉히 제공한다.

「마음주의보」, 「공짜 보약」, 「말 많은 시인」, 「석류」, 「나름, 나름대로」, 「수술을 앞두고」, 「겨울 들꽃」, 「자연애」, 「자연이 주는 선물」, 「향나무」, 「씨」, 「내 마음 우산」, 「짝사랑」, 「꽃피다」 등은 깊이 있게 음미할 만하다. 인연 닿는 독자의 정독을 권한다.